路地のあかり

―ちいさなしあわせ　はぐくむ絆―

松崎　運之助

東京シューレ出版

まえがき

私は路地が好きです。路地はただ通るための道路ではなく、そこには生活や人間のにおいが漂っているからです。

東京の下町の狭い路地に入ると、今でも戦前に建てられた木造の家屋に出会えます。雨ざらしの窓の木枠や板戸に浮き出た木目…。暮らしの歳月を感じる風情です。細い路地の両側には、鉢植えの草花や盆栽が並べられています。いずれもよく手入れされ、葉っぱが打ち水にぬれて光っています。

石の防火用水のなかでは金魚が泳いでいました。路地奥には小さなお稲荷さんやトタン屋根のついた古井戸があったりします。

かつて路地は家と地続きの生活の場であり、ご近所さんとの談笑の場でした。いつも井戸端や共同水道の周りに人がいました。

子どもは路地を駆け回っていました。ひたすら遊んだ子どもたちの服は汗や泥の汚れとともに、日なたのにおいがいっぱいしていました。

夕暮れになると家々に明かりがともります。

路地の街灯にも明かりがともります。

明かりは人の心にも灯をともします。私にも心に残る「あかり」の思い出があります。

小学生の私は、橋のそばの街灯の下で、幼い妹弟と影踏み遊びをやっていました。遊びながら日雇い仕事から帰る母を待っていたのです。

定時制高校の帰り道。暗い坂道や石段を上ると小さな花屋があります。その閉まった戸板からわずかな明かりがこぼれていました。その明かりでひと息つきました。

見上げれば満天の星。眼下はキラめく街の夜景です。

東京で住み込みの新聞配達をしました。夜明け前の深い闇のなかの配達です。慣れない土地の心細さと孤独感。やわらげてくれたのは途中で出会う豆腐屋さんです。

リヤカーで曳き売りする年老いたご主人の笑顔に出会うと、それだけで胸が熱くなりました。その笑顔が当時の私の「あかり」でした。

公園のブランコから、夜間中学の教室を眺めている人がいました。

入学希望なのに校舎に入る勇気がなく、窓明かりを何時間も見て帰っていきました。その姿を公園の明かりがじっと見ていました。

路地と明かりはいつも人々の喜怒哀楽に寄り添っていました。それは、慰めであり、励ましであり、希望でありました。

もくじ

路地のあかり――ちいさなしあわせ　はぐくむ絆――

イラスト◉松崎運之助

装丁◉藤森瑞樹

第一章

子どものあかり

保育園の帰り道

小さな公園で

保育園に子ども二人を迎えに行った帰り道、よく小さな公園に寄ったものです。子どもは一歳違いの男の子です。鉄棒やスベリ台で遊び、飽きるとウルトラマンごっこをしました。

私は怪獣で、ウルトラマンになりきった二人に追い駆けられます。逃げ回っていたら、いつの間にかウルトラマンが六人になっていました。公園で遊んでいた子どもたちが加わったのです。

六人のウルトラマンに追い駆けられたら、さすがの怪獣も逃げ回れません。たちまち包囲されてしまいます。でも怪獣は反撃に出ます。一人のウルトラマンを身体ごと持ち上げて、空中でくるくると二回転、そしてエイッと地面に転がします。もちろん手加減して、やさしく転がします。転がされると子どもたちは、ギャーと叫んでいましたが、とてもうれしそうでした。

その動作を何人かに繰り返していると、私の前に転がされる順番の列ができました。ウチの子どもも並んでいて、ウルトラマンの列というより、保育士さんに抱っこしてもらう順番を待っているような感じでした。

何回、転がしたでしょうか、さすがに腕が疲れたので終了を宣言。

「ギブ・アップです。怪獣はこれから、晩ごはんのしたくです。さようなら！」

子どもたちも「さよなら、バイバイ」と帰っていきました。なかには三輪車をこぎながら、

「また遊ぼうね」と言ってくれる子もいました。

一人、小柄な子が残りました。ここで母親を待つのだと言う。でも公園は薄暗くなっています。一人ぼっちじゃ心細いだろうからと、迎えが来るまで怪獣とウルトラマンの対決を再開することにしました。

ウチの子どもを含めて三人のウルトラマンたち。私がその子をひっくり返してガオー、ガオーとやっていると、突然、その子は私の手をすり抜けて公園の入口へ走って行きました。「オンマー」と叫んでいます。入口からスーパーのレジ袋を下げた女性が笑顔で歩いて来ました。

男の子は女性の手からレジ袋を奪うように取ると、両手に抱えてスタスタと歩きだしました。どこか毅然としていて、子どもなのにカッコ良く見えました。

女性は私に言いました。

「ありがとうございました。私一人で育てているので、なかなかあのように相手をしてやれなくて――」

子どもは、「オンマ、オンマ」と叫んでいます。女性はもう一度礼を言うと、自転車にその子を乗せました。やがて二人の姿が、笑い声とともに路地に消えていきました。幸せの余韻が残りました。

「オンマ」は韓国語で、お母ちゃんのこと。

ウチの子どもたちは、私と手をつないでの帰り道も「シュワッチ！」などと言いながら、まだウルトラマンの世界を歩いていました。

お母さんは大好き

ダイキくんは、発達に遅れがあるため、どんなことも人の三倍以上の時間がかかります。

ある日、ダイキくんは、様々な手当や手帳を申請するために、お医者さんの診断を受けました。その検査の時に聞かれました。

「お父さんは、男です。では、お母さんは？」

ダイキくんはすぐに答えました。

「お母さんは、大好きです」

予期せぬ答えに、お医者さんはびっくりしました。そして幸せな気持ちになりました。

お母さんは、そんなダイキくんがいとおしくてたまりません。

ダイキくんは週に一回、スイミングに通っています。お母さんと一緒に、帰りのバスの中でのことです。小学生の男の子たちがダイキくんを指さして、ヒソヒソと言い合っています。

「しょうがい児」

「ヘンな子！」

そして笑い合っています。

お母さんは、ちょっとつらい気持ちになりました。ところがダイキくんはバスを降りる時、その男の子たちに声をかけました。

「また来週、会えるといいね、バイバイ」

そしてお母さんに言いました。

「今日はとても楽しかったね。また行こうね」

ダイキくんのことばは、落ち込みかけていたお母さんの気持ちをあたたかく包んでくれました。

お母さんは胸がいっぱいになったそうです。

春の陽だまりのようなほのぼのとした話ですね。

この話を教えてくれたのは、ＮＨＫアナウンサーの村上信夫さんです。村上さんは、「きょうも元気で！　わくわくラジオ」を担当されていました。私もその番組に出させていただいて、村上さんとのご縁ができました。

その村上さんと一緒に、イタリア薬膳レストランのオーナー木村まさ子さんとお会いしました。二人の男の子のお母さんでもある木村さんの話も楽しいものでした。

弟のシュンくんは生野菜が嫌いです。困った木村さんが考えだしたのは、なんと、子どもと一緒に野菜を育てることでした。自分が一生懸命育てた野菜なら、きっと食べられるだろうと思ったのだそうです。

さっそく小さな庭の隅に、ナスとピーマン、トマトを植えました。そして芽が出て、葉が伸び、花が咲く様子を一緒に観察しました。

「かわいいね。ほら、小さなお花が咲いたよ」

「赤ちゃんピーマンがなったよ。せっかく実をつけたんだもの、もう少し大きくなったら、食べてあげないとね」

お母さんと一緒に植物の成長を見続けたシュンくんは、やがて、生野菜を喜んで食べられるようになったそうです。

兄のタッくんは四歳のころ、時間さえあれば近所の木工所の作業風景を見ていました。

夏の暑い日のこと、家に戻ってきたタッくんが、冷たい麦茶を飲みながら言いました。

「木工所のおじちゃんも暑そうだった。きっとのどが渇いているよ」

「それじゃ、おじちゃんにも麦茶を持っていってあげたら」

木村さんが言うと、タッくんは大喜びで麦茶の容器を抱えて、木工所へ向かいました。そして、間もなく「おじちゃんに作ってもらった」と、小さな木刀を手にうれしそうに帰ってきたそうです。

そのタッくんは、現在、歌手と俳優で大活躍しています。名前は木村拓哉さん、キムタクの愛称で呼ばれています。

私がお会いした木村さんは、キムタクのお母さんだったのです。数年前、村上アナウンサーは、木村拓哉さんに聞いたことがあります。

「いそがし過ぎてエネルギーを消耗しませんか?」

すると彼は次のように答えたそうです
「そんなことはありません。小さな感動をエネルギーにしていますから」

雨の日のハッピー

朝九時過ぎ、民家の前から小さなリュックを背負った幼児たちの一団が出発します。三歳から五歳までの約三十人で、列の最後は古いリヤカーをひく年長の子どもたちです。四人の大人が付き添っています。

この集団は毎朝、商店街を通り、行き交う人にあいさつをしながら、民家の路地をにぎやかに抜けます。「遠足?」と声をかけられると、付き添いの大人がにこやかに答えます。

「毎日、遠足みたいなんです」

これは『幼児グループ・つくしんぼ』(神奈川県藤沢市)の一団です。「自然はいつもドラマチック。そのなかで五感や感性が磨かれ、自然と付き合う知恵を学べる」との考えから、海や川や土手や田畑、湿地、雑木林、公園へと毎日出かけているのです。

集合場所は主宰する福永雪子さんの家ですが、よほどの荒天でないかぎり、毎日戸外に出ています。こんな屋根のない保育を二十五年も続けている福永さんは言います。

「遊具も、カリキュラムもない。何をしているのかわからない、と言われる。でも何をしているのがわからないのが子ども本来だと思う」

一途に自然を貫いてきた福永さんは見事です。わが子を『つくしんぼ』に通わせる親たちもすばらしいです。でも何より好奇心に瞳をキラキラさせている『つくしんぼ』の子どもたちが素朴に魅力的です。

『つくしんぼ』の子ども集団は、雨でももちろん外に出かけます。行き先は公園です。子どもたちは雨の日の公園が大好きなのです。雨の日の公園に人影はありません。だから公園全体が『つくしんぼ』の貸切になります。子どもたちの解放区になるわけです。

水たまりに飛び込んで跳ね回る子。その泥はねを傘でよけて遊ぶ子。すべり台では、水と一緒にすべり降りて、盛大な水しぶきをあげる子たち。公園が歓声に包まれます。

スカートもパンツも靴もびしょぬれ、手は泥だらけ。でも子どもたちは遊びに夢中です。ここには、「シズカに」「ハヤく」「キチンと」というコトバはありません。

子どもは雨が大好き。それは私も保育園への送迎で経験しています。雨の日、子どもは水たまりを見つけると、必ず中に入って飛んだり跳ねたりしていました。そして、次の水たまりへ歓声をあげて走って行くのです。

雨と水たまりへの誘惑と快感、それは大人の心にも潜んでおります。雨が降りしきるなか、水たまりではしゃぐ大人がいました。少し古いですが、『雨に歌えば』というアメリカ映画の雨のシーンに登場する男です。

雨の歩道を、幸せいっぱいの男が歌を歌いながら歩いてきます。そして男は歌いながら雨の歩道でタップダンスを始めます。うれしくて仕方がないのです。タップを踏むたびに水しぶきが上がります。傘をくるくる回したり、車道と歩道の段差を上がったり降りたりもするのです。

やがて歩道の水たまりの水を片足で蹴り始め、ついに車道の水たまりへ飛び降りて、バシャバシャ水しぶきを上げます。あふれんばかりの喜びの表現です。圧巻です。

大人の分別とか常識や見栄をきっぱり捨て、子どものように無邪気に雨と戯れている男の姿。私の心も拍手喝采、踊り出しました。

耳を澄ませば、雨音も聞こえてきます。その音色の豊かさも、私たちをハッピーにしてくれます。そういえば、雨の日のお迎えを、「ピチピチ、チャプチャプ、ランランラン」と、弾むように表現していた歌もありましたね。

ブキャー

ある町の教育研修会の講師として、公民館の控室で待機していた時のことです。突然、五歳くらいの女の子が絵本を抱えて入ってきました。私が一人ぼっちでかわいそうだから、絵本を読んであげる、と言うのです。

絵本は、『キャベツくん』（文・絵／長新太）でした。彼女は暗記しているようで、スラスラと上手に読みます。

おなかのすいたブタヤマさんが、キャベツくんをつかまえて、「おまえをたべる！」と言います。するとキャベツくんは、「ぼくをたべると、こうなる」と、空を指します。空には、鼻がキャベツになったブタヤマさんが浮いています。ブタヤマさんはびっくりします。

〝ブキャー〟

「あのね」と、彼女が言います。

「この〝ブキャー〟は、一緒に言ってね。それから、〝こうなる！〟も声を出してね。もう一度読むから、大きい声でね。キャベツくんが――」

私はあわてて、「こうなる！」と言いました。彼女は、満足そうに次のページを開けました。鼻がキャベツになったブタヤマさんが宙に浮いています。私は大きな声で、「ブキャー」と言いました。

ヘビ、ゴリラ、カエル、ゾウと、次々に出てきます。そして、奇想天外な姿で空に浮かびます。「ブキャー」の連続です。

彼女と一緒に「こうなる！」、「ブキャー」と叫んでいるうちに、私は絵本の世界にすっかりハマリ込んでしまいました。

ところで、私は彼女と全くの初対面です。親はいったいどこにいるのか、ここで待つように言われたのか……。それにしても人見知りしない、感性豊かな子です。

「これで、おしまい！」

パタンと絵本を閉じられた時、なんかさびしい気持ちになりました。その時、係の人が私を呼びにきました。

私は、思わず「ブキャー」と言いました。彼女も、「ブキャー」と言いました。そして二人で笑いながら、バイバイをしました。係の人が不思議そうな顔をしていました。

それ以来、ブキャーというコトバが頭を離れません。何かのハズミにブキャーが飛び出してきます。

夜間中学の基礎クラスでのことです。

ある日、国語の授業に行ったら、「さっきまで算数だったから、頭ン中、まだ数字が散らかってる。片付けるまで、少し待って——」と言われました。そして、頭の中の片付けを手伝うハメになりました。

鉛筆一本に、鉛筆一本を足すと、なんて言われても、その鉛筆がHBなのか2Bなのかわからないし、値段の高いのや安いのがあるから、そう簡単には足せない、と悩んでいます。

私は答えます。数字の上のことだから、HBだとか、値段がどうだとか、そんなよけいなこと考えないんです。数字だけを見つめるんです。

「でも、いくら数字だけ見つめていても、長さが短いとか安物だとかじゃマズいでしょう。ダマされた気がするし…」

「いいんです。算数の計算の場合、長さとか形なんかはだいたい似ていればいいのです。妥協ですよ妥協。妥協しないと前に進まないんです」

「妥協と言われてもね、どのあたりで妥協すればいいもんだか…」

ブキャー、です。よけい混乱させてしまいました。私自身がよくわかっていないのです。お手上げです。こんな場合、どのように教えるのか、年配の数学の先生に聞きました。

「それは、スバラシイ!そんな質問に出会えるのは、長い教員生活でも十年に一度あるか、ないかです。コレハはですね。数理哲学的な疑問なんです。数理哲学というのは――」

じれったくなって、私は口をはさみます。

「数理哲学はいいですから、この場合、どのように教えるんですか？」

「う〜ん、それは〜、やはり、永遠の謎ですな」

ブキャー！

消しゴム

小学校の休み時間、女の子が小さな消しゴムを探していました。担任の女先生も床や廊下を探してみましたが、見当りません。

「ないみたいね。ゴミはもう焼却炉だし…」

「じゃあ、大西せんせいに頼んでくる！」

女の子は焼却炉へ向かって駆け出しました。そして焼却炉にいた用務員の大西さんに訴えます。

「大西せんせい！　私の小さな消しゴムがないの。さがして！」

焼却炉には、すでに二十四クラス分のゴミが入れられていました。大西さんは何とかしてあげたいと思いました。

「さがしてみるからね」

女の子を安心させて教室へ戻し、焼却炉の大量のゴミを引っ張り出します。それをかき分け丁寧に探し始めました。そして、ついに女の子の小さな消しゴムを見つけました。消しゴムを手に教室に現れた大西さんの顔や手は真っ黒です。女の子は消しゴムを受け取り、大喜びでピョンピョン跳ねています。

その様子を見て担任の先生は絶句しました。子どもの願いに徹底的に応える大西さんの姿勢に圧倒されたのです。その衝撃の大きさ、次の授業ができないほどだったそうです。

これは十年以上前の京都・園部の小学校での出来事です。女の子が用務員さんを、「せんせい」と自然に呼んでいることに、その学校のほのぼのとした温かさを感じました。

この話をしてくれたのは垣村ゆみ子さん。今、生徒数四十人の小学校の校長です。

「大西せんせい」のフルネームは大西敏之さん。大企業に勤めていましたが、子どもにかかわる仕事がしたいと、給料半減を覚悟で、三十過ぎてから用務員さんに転職しました。

小学校に七年勤めたあと図書館に異動して、今は中央図書館の館長です。多忙な時間をさいて、子どもたちに読書の楽しさ、すばらしさを語り続けています。

大西さんが言います。

「京都の夜間中学を初めて見学に行った時、年配の生徒さんが、四角のマス目に字を書き込んでいました。左手には大きい消しゴムをしっかりと握りしめて。その握りしめた消しゴムが強く印象に残っています」

「握りしめた消しゴム」——私にも思い出があります。中学三年の秋、教室が高校受験一色になると、クラスに数名いた私たち就職組は居心地が悪くなりました。

そこで授業中は先生の目をぬすんで、教科書にパラパラ漫画を描いたり、落書きをしたりしていました。隣の席のキムラは消しゴムをナイフで切り刻んで、船や車を作っていました。

ある日、その内職が男先生にバレて、こちらへやってくる鋭いまなざしに私たちは緊張しました。ところが先生はキムラの消しゴム自動車を見るなり、「オマエ、才能あるなあ」とひとこと。それだけで教卓に戻って行きました。

卒業式が終わり、東京の電機店に就職するキムラを見送りに長崎駅へ出かけました。私は地元の造船所に就職が決まっていました。就職列車の前で、見送りの家族や数名の友人たちに囲まれたキムラは、照れくさそうにしていました。

男先生がやって来ました。

「オマエのようにウマく作れんかったけど…」とポケットから白い固まりを出し、「がんばれよ！」とキムラに渡しました。それを見てキムラが泣きました。

消しゴムのうさぎでした。

列車が動き出します。母親と妹はワッと泣き出しました。私たちも泣きながら列車と一緒に走ります。窓から身を乗り出したキムラの顔はゆがんでいました。大きく振る右手には、消しゴムうさぎがしっかりと握られていました。

子どもの遊び場

ショッピングセンター

お盆の休み、近所の大型スーパーマーケットが家族連れでにぎわっていました。都市郊外のこのあたり、休日は、駐車場付きの大型ショッピングセンターや大型スーパーマーケットをぶらつくのが行楽になっています。

スーパー行楽の最大のメリットは、お金がかからなくて、時間がつぶせることです。しかも夏場は冷房で涼しく、冬は暖房で温かい。

平日でも客を集めています。仕事帰りのお母さんが保育園や学童クラブを回って子どもを引き取り、買いものにやってくるのです。

フィリピンやタイなどからのお嫁さんも目立ちます。スーパーでは、特売のココナッツミルク缶が山積みされていたりするのです。

併設している「ファミレス」は、夜の七時、八時でも子連れ、孫連れの女性たちで満席です。子どものかん高い声、泣き声、親の叱る声――、まるで遊園地か巨大な保育園にいるようです。父親が仕事から帰ってくるのは九時過ぎです。一人親世帯も多いのです。

ある日の夕方、ショッピングセンターの本屋を出たら、顔見知りの母親と二人の子どもに会いました。子どもは四歳と一年生の男の子。二人ともハイテンションで騒いでいました。母親は、二階の千円カットの店で髪の毛を短くしたいのですが、子どもたちが騒いで店に迷惑をかけそうだし、お金を渡してゲームセンターかな、と思案していました。

二階のゲームセンターでは、夕方でもたくさんの子どもたちが遊んでいました。親が買い物をしている間、ゲーム機が子守りをしているのです。

その場の思いつきで、私は二人のハジけている子たちの子守りをすることにしました。子どもの母親がカットをしている間、十五分間のボランティアです。

子どもと一緒に休憩スペースに行きました。飲料水の自動販売機と二組の丸テーブルとイスがあるだけの、ガランとした場所です。

ここで私は、持っていた三枚の小さなポリ袋に息を吹き込んで結び、即席の風船を作りました。それを手の平で打ち上げ、床に落とさないように続けます。

風船を床に落としたら負けで、交代のルールにしました。一個まではなんとかなりましたが、三個になると大変です。行方定まらぬ風船を追い駆けて走り回ります。歓声を上げ、三人で夢中になって遊んでいました。

気がつくと、周りに見知らぬ子どもたちが集まっていました。その子たちにもやらせていたら、順番待ちの列ができてしまいました。

そこへカットを終えた母親がやってきました。ホッとして、「今日のお遊びはここまで」を宣言したのです。こんな単純な遊びなのに、ゲーム機大好き子どもたちがこんなに熱中するなんて、私には新たな発見でした。

そう言えば、遠足でディズニーランドに行った保育園児のなかに、入口のゲートをくぐると植え込みへ一直線、ダンゴ虫を探し始めた子がいたそうです。

その子は大人が提供するキラキラのキャラクターやアトラクションより、ダンゴ虫が魅力的だったんですね。話を聞いて、えらく感動したことを思い出しました。

そばにいるよ

「チャイムがこしょうしています。口でピンポンと言って入ってください」

学童クラブの入り口に張り紙がありました。あきらかに子どもの字です。

「ピンポン」と言って中に入ると、顔見知りの女の子が飛び出してきました。小学一年生。と
んがり頭の魔女ハットをかぶり、細長い棒を持っています。

「なあんだ、おじさんか。ふしんしゃだったら、この棒で石にするんだったのに…」

「あのね、不審者はピンポンなんて言わないよ。ぬっと入ってくるんだよ」

言ったとたん、ぬっと女性が入ってきました。不審者？　ではなく、ここのベテラン指導員
です。両手にサツマイモをいっぱい持っていました。子どもたちのおやつにするそうです。

イモを蒸しながら、子ども時代の話をしてくれました。

小学生のころ学校が休みになると、妹と二人で近所の小川へ出かけ一日中遊んでいた。遊び
に飽きると渡し板に座り、足を川に浸けたままで、おやつのふかしイモを食べた。
ある日、渡し板に座ってイモを食べていたら、担任のヒゲ先生が自転車で通りかかった。

「おっ、楽しそうだなあ」と言いながら自転車を停め、裸足になって私たちの隣に座り、足を川に浸けた。

「気持ちいいね。極楽、極楽…」

先生はポケットからきゅうりを二本取り出し、一本をパキンと二つにして、妹と私に渡してくれた。

「近所のばあちゃんがくれた。とりたてだ」

川に足を浸し、きゅうりを生でパリパリ食べた。時々足で水をバシャバシャさせた。

先生は水滴が顔にかかると、「ギャ〜」と言った。私は久しぶりに声を出して笑った。（彼女が小学三年のときに父親は工場経営が破綻して自死。母親はひどいうつ病になって入院。子どもは遠い田舎のおばあさんに預けられた）

学校ではいつも何かが不安で、暗く身がまえていた。どんよりとした思い出しかない。ただ先生と並んできゅうりを食べた光景は、そこだけ色彩がある。パッと明るい。

ヒゲ先生と川ときゅうりの思い出が、以後の私の人生を支えてくれた。先生はもう亡くなられたけど、今でもつらい時には「やあ」と現れて、隣に座ってくれる気がする。

たった一つの思い出場面が、人生を励ましてくれることもあるのです。

市の公営アパートに住む小学生たちは、親が働いているので夏休みでも朝から学童クラブに通っています。

学童クラブに冷房はありません。指導員さんが、ゴーヤや朝顔で日陰を作り、打ち水をし、風の道を確保しています。子どもたちは扇風機とウチワで猛暑をしのいでいるのです。

夏の最大イベントは「学童みこし」です。廃品、廃材を集めて、みんなで「みこし」を作ります。年長の指示で、古タイヤや発泡スチロールの箱、空きカン、針金、モップの柄などを組み立て、色刷りチラシの帯や千羽鶴で飾ります。

「学童みこし」は、商店街の夏まつりに参加します。大型スーパーの影響で、シャッター店が目立つ商店街に、子どもたちの元気なかけ声と歓声が響きます。

苦労して作った廃品の「みこし」は、毎年、町の人々に称賛されます。子どもたちは大きな声を出し、汗をいっぱいかいて、商店街の人たちとも親しくなり、飲み物やかき氷までもらって、大満足の一日となります。

夏休みが終わった小学一年生の教室です。日焼けした顔で、みんなが興奮気味に夏の思い出を話します。

「グアムで泳いだ」「沖縄の水族館でジンベイザメを見た」「長野にあるおばあちゃんの別荘でカブトムシやクワガタを捕まえた」「北海道の牧場でおいしい牛乳を飲んだ」

日焼けでは負けない学童クラブの子が言いました。

「学校のプールと学童クラブに行ってた。タイヤのみこしがスゴく楽しかったよ」

すると、「ダッセー」「ビンボー」などと言われたそうです。

学童クラブの感動がみんなに伝わらなかったのがくやしい、と涙を浮かべて話してくれました。

紙飛行機

早めの散歩に出かけたら、公園で近所の学童クラブの子たちに会いました。よく会うので、すっかり顔見知りです。

桜はもう葉桜。わずかに残った花びらがそよ風に散っていました。その花びらを女の子たちが追い駆けています。散る花びらを両手ではさむと、幸運がやってくるのだそうです。

奥の広場あたりでは、茶髪でのっぽの指導員と子どもたちがダンゴになって走り回っています。私は水飲み場のベンチでひと休みしました。

そこへ、ランドセルを背負った男の子が駆けて来ました。手にふかしイモを持っています。

学童クラブのおやつだそうです。とり急ぎ食べたいらしく、ベンチにランドセルを放り出すと、皮ごとパクつき始めました。みんなは公園だよって聞いて、おやつを受け取り、そのまま駆けて来たそうです。

ランドセルを私が預かり「おっ、重いね」と言うと、口をモゴモゴさせながら言います。「ランドセルは学校までは重いけど、学校からひまわり（学童クラブ）までは軽いよ。なかみは同じだから、背中がさっかくしてるみたいだ」

食べ終わった彼は、蛇口をひねり水をガブ飲みすると、奥の広場へ駆けて行きました。

土手では、転んで泣いている子どもに、ベテランの女性指導員がおまじないをかけています。

「痛いの痛いの、とんでゆけ！」

するとピーピー泣いていた子が、元気になって遊びの輪に戻っていきました。まさに、魔法の言葉。たっぷりと心をつかってくれたキキメなのです。

私は母のことを思い出しました。母は日雇いをしながら子ども三人を育てていましたが、生活は極貧状態、遠足の弁当はふかしイモでした。

運動会の昼食時、家族が応援に来ていない生徒数名は、年配の男先生と一緒に、薄暗い教室で弁当を食べました。私はまたふかしイモだとふてくされ気味に、広告チラシの包みを開きました。驚いた！　真っ白なおむすび。

いつも食べている雑穀まじりの麦のなかに、わずかに混じっている米を、母は一粒一粒選り出しておむすびを作ったのでした。気の遠くなるような作業、ほとんど寝ていないかもしれません。

チラシのウラには、「みちのすけ、がんばれ」と書いてありました。母がそこで応援しているようで、私はいっぺんに元気が出ました。


子どもたちは遊び終えて学童クラブへ帰って来ました。プレハブの入り口で、ベテラン指導員と立ち話をしました。ランドセルの子は、おばあさんと住んでいるけれど、近々、他県の温泉街で働く母の元へ引き取られるそうです。

帰ろうとしたら、上から「おじさ〜ん」と子どもの声。見上げると、二階の学童クラブの窓からあの子が顔を出し、私に向かってエイ！　と紙飛行機を飛ばしました。

紙飛行機には、「なかをみて」と書いていました。あけてみると、「ランドセルのばんをありがとう」とありました。手を振る彼に、私も両手で大きなマルをつくりました。

遊ぶことが生きること

私が子どもだった昭和三十年代ごろ、原っぱや空き地は、子どもたちの遊び場でした。そこに行きさえすれば誰かがいて、一緒に遊びを考え出しました。群れて、ひたすら走り回って遊んでいたような気がします。秘密の隠れ家は、原っぱの隅の資材置場や土管の中でした。時々青大将（へび）が勝手に入りこんで、とぐろを巻いていました。原っぱは、当時の子どもたちにとってのワンダーランドでした。

原っぱだけでなく、路地にも子どもの声があふれていました。少々の逸脱にも社会が寛容だったので、地域全体が子どもの遊び場でした。生活は貧しかったのですが、子どもたちの遊び場は豊かでした。

かつての原っぱには、現在、マンションが建ち、空き地といえば駐車場ばかりです。路地は隅々まで舗装されています。外で群れ遊ぶ子どもたちの姿なんか全く見えません。フィリピンからやってきた若者が言っていました。

「フィリピンでは、たくさんの人が外で立ち話をしたり、パーティーやダンスをしている。その周りで子どもたちが遊び、ボールを蹴っていた。日本は静かで、子どもは学校から帰って来ても、また別の学校へ行ってしまう」

日本の子どもたちにとっても、路地や空き地は遊び場だったし、ひのき舞台でした。その主役の座を自動車に奪われ、子どもたちは追い出されてしまいました。そのうえ大人たちは学歴や点数や習い事が、より良い生活実現の条件と思い続けています。勉強第一、遊びは「つけたし」として、大人の管理下におかれています。

思うぞんぶん遊ぶこと、それが子どもにとっては生きることです。子どもは場所と時間と仲間さえあれば、遊びを創造します。あの原っぱで夢中になっていた遊びは、大人が教えたものではありません。子どもが自ら考え出したものです。だから熱中しました。

最近、子どもの遊び場として多様な試みがされています。その一つがプレーパークです。プレーパークは一切の禁止事項を解除し、「自分の責任で自由に遊ぶ」子どもの遊び場です。

私は川崎にある「夢パーク」というプレーパークを初めて見た時、なつかしい「原っぱ」と再会したような気持ちになりました。広場いっぱいに子どもたちの歓声がはじけていました。手作り遊具で奇声をあげる子。やたら走り回る子。ひたすら穴を掘っている子。群れてだんご状態になっている子たち。木々に囲まれた小さな丘には秘密めいた建造物や隠れ家がありました。

「夢パーク」には、プレーパークに隣接して、不登校の子どもたちの屋内の居場所「フリースペースたまりば」があります。どちらも同じ敷地内なので往来自由、全国でもたいへん珍しい形態をとっています。

やってくる不登校の子が、何歳であるか、どんな事情で学校を休んでいるか、ここへ通い続けられるか、そんなことはこの居場所では大した問題ではありません。大切なのは、自分の意志で来たのかどうか、ただそれだけです。いつ来てもいいのです。そしてやって来る子、一人ひとりの違いそのまま、在り様そのままで受け入れてくれます。

子どもたちは、ここで自分を出せるか、失敗しても大丈夫か、時間をかけて確かめていきます。それをスタッフや先輩たちが、温かく見守り、ゆっくり待っていてくれます。

子どもはやがて誘い合って遊び始めます。遊びながら、もっとおもしろいことはないか、心ひかれるものはないかと探します。自分で遊びの企画をたてて、この指とまれで仲間を募ったりもします。やりたいことは「やってみたら」と、スタッフが応援してくれます。仮に計画倒れになっても、トライしようとしたことがスバラシイとほめられます。

でも親の生活はきびしいです。リストラされて失業中の親。昼も夜も働いている親。帰宅時間が夜八時、九時になる母子家庭の親。

親がつらいときは子だってつらいものです。不安で暗い顔の子がいます。親と気持ちが断絶し、孤立している子だっています。いじめで傷ついた心を立て直せない子もいます。

子どもからすれば、その時の気分、感情を受けとめてくれる人がほしいわけです。ただ元気に遊んでいればいい、というわけにはいきません。

スタッフがそのつど、ゆっくり話を聞き、寄り添ってくれます。そんな大らかなまなざしのなかで、子どもたちは安心して、今日もうるさいくらいににぎやかに遊んでいます。

第二章

少年のあかり

いのちの日々

希望のあかり

私には兄がいましたが、一歳の誕生日を目前に難民収容所で死にました。栄養失調でした。遺体は庭の隅で火葬にして、骨は布袋に入れて母が首から下げました。小さい骨は土に埋め、塚を作って丸い石を置き、野の花をそなえました。

異国の収容所でボロ服をまとい、一枚の写真すらなくて灰になった子。それが私の兄です。苦しむために生まれてきたようなものです。一度でも笑うことはあったのでしょうか。

その地を去り、次の収容所で私は生まれました。しかし、私もガリガリにやせ細っていました。アワばかり食べている母は乳が出ません。私は出ない乳房にぶらさがって、か細い声で泣いていたそうです。

母は必死に食べ物を探しました。トウモロコシや豆かすのマントウを中国人から手に入れ、それを空き缶でどろどろに炊いて食べさせました。

母はよく、子どもの私がいたから、絶望のなかを生きられた、と言っていました。どんなことがあっても、この子と一緒に日本へ帰るんだ、そのことが生きる支えになったそうです。初めての子を亡くした深い悲しみや虚脱のなかで、私は母の希望でした。私は死んだ兄の命も引き継いで生まれたのでしょう。

引揚げ船に乗るまでの道行きは、まさにこの世の地獄でした。大人も子どももたくさんの人が死んでいきました。私は骨の上に皮が付いているといった状態で、笑うことさえできないようになっていました。

とにかく乗船できましたが、周りの人たちは、私を見て、この子はいつまでもつのだろうかと話していたそうです。ところが、引揚げ船で炊き出された雑穀のコウリャンが私の口にあったらしく、生きて日本に上陸することができました。

一時的に身を寄せた広島の江田島で、弟二人が生まれましたが二人とも数か月で亡くなりました。引揚げや戦後の混乱のなかで、母は三人の子を亡くしたわけです。私だけが奇跡的に命をながらえたのです。

広島の江田島で四年間の仮暮らしのあと、長崎で家を建てて生活を始めました。父は金属関係のブローカーみたいな仕事をしていました。私が小学校三年生の時、父が住んでいた家を売り飛ばし、愛人とともにいなくなってしまいました。

母は、私と、長崎で生まれた妹弟の子ども三人を抱え、住むところがなくなってしまいました。それで、繁華街のドブ川沿いに密集して建っていたバラック小屋で生活を始めました。

屋根には古トタンや古板がのせてあり、タタミ一枚と小さな土間で、母子四人の生活が始まりました。果物屋でもらった木製ミカン箱が唯一の家具で食卓です。トイレはないので、橋を渡って国際マーケットの共同便所を利用しました。

隣との仕切りはベニヤ板一枚でした。怒鳴り声も笑い声も食事のにおいまでも、じかに伝わってきました。派手なケンカが始まると、私たちも身をすくめて嵐の過ぎるのを待ちました。ベニヤ板が破れて人が飛び込んできたりもしました。

役所からは不法建築だからと立ち退きを迫られ、保健所からはバイ菌のように嫌われ、世間からはゴミのように見られていました。住民たちは、みんなお金がなく、いつも空腹で身なりも粗末でした。にもかかわらず、威勢のいいあいさつが飛び交い、冗談やダジャレで笑いころげ、あけすけにケンカをしていました。

母は、ここの生活を「誰にも気がねがいらないから、気楽で楽しい」と言っていました。母の口ぐせは〝明日は明日の風が吹く〟でした。明日を思い患ってもどうしようもない、なるようにしかならない。それよりも親子の今を大切に、今を楽しく、という考えでした。

母のまなざし

母は朝早くから日雇いに出かけて行きます。男の人にまじっての慣れない力仕事なので、帰って来ると肩が赤くパンパンに腫れ上がっていました。私はその肩を、バケツの水に浸したタオルで冷やしてあげました。

二歳の妹と三歳の弟の保育園への送迎は、小学校三年生の私がやっていました。その保育園には、私にいつも励ましの言葉をかけてくれる保母さんがいました。その人に会いたくて、私はいつもお迎えの時間より早く保育園に行っていました。

夕方、子ども三人で母を迎えに三つ先の橋まで出かけました。橋の外灯の下で影踏み遊びなどをやりながら母を待ちます。母の姿が見えると、三人は母を目指して一直線に駆け出しました。

母は子どもたちの頭を交互になでながら、疲れているにもかかわらず近くの神社の長い石段を登りました。子どもたちを眺めのいいところまで連れていってくれたのです。

そこで子どもは今日の出来事をいっぱい話します。母はまっすぐに子どもたちの話を聞いてくれました。一日で一番幸せなひとときでした。眼下には長崎の街の灯がキラめいていました。

たしかに当時は貧しく、空きっ腹を抱えていました。だけど母と子の間に、澄みきった青空が広がっているような、さわやかな風が吹いているような気がしていました。

私の誕生日には、母は私を正座させて、私が生まれた満州のことを話しました。

「たくさんの命が亡くなった。幼い命はお菓子を口にすることもなく、オモチャを手にすることもなく亡くなった。その子たちのお余りをもらってオマエは生き延びてきた。オマエの命のうしろには、無念の思いで死んでいったたくさんの命がつながっている。このことをけっして忘れてはいけない。自分ひとりで大きくなったとか、自分さえよければ、という考えはとんでもないことなんだよ」

誕生日が来るたびに、こんな話を聞かされていたので、誕生日は命のつながりを考える日、そして決心して産んでくれた母に感謝する日だと思っていました。

母の一生は、養女、紡績女工、満州行き、難民生活、引揚げ、子の栄養失調死、夫との離別、そして極貧状態での三人の子育てなど、厳しい運命に翻弄されていました。小学校も満足に通っていません。

しかし母は私たち子どもに貧しさのグチを言ったり、つらく当たったりすることはなかったし、勉強しなさいとか、出世しなさいなど一度も言ったことはありませんでした。

人それぞれに自分の花を咲かせればよい。人それぞれに、目の前の人生の役割を果たしていけばいい。生きている、そのことがすばらしいのだから――。

子である私は、そんなまなざしを母からずっと感じ取っていました。だから母をとても尊敬しています。

すきま風

秋も深まると、バラック小屋の板のすきまから冷たい風が吹き込んできます。そこで、板の節穴に広告紙を詰めました。

その上をビニールの袋を裂いて広げたもので覆い、すきまもふさいでいきました。親子で手分けしてやりました。毎年くり返す晩秋の行事みたいなものです。

目張りを終えると、なんだかほわっと暖かくなったような気がしました。夜は母子四人がぴったりとくっついて寝ます。屋根のトタンからは月明かりが、七つ、八つ、こぼれています。それは暗いウチの中から見ると、まるでお星さまのようでした。

トタンの星を見ながら、母のおとぎ話を聞きました。聞きながら私たちはおとぎ話の主人公になって、いつの間にか眠っていました。

寒さがゆるみ、陽射しが暖かくなったころに、今度は目張りしたビニールをはがしました。一枚一枚はがすたびに、そよそよとやわらかい風が入ってきました。そのすきま風に、私はウキウキする春を感じていました。

春のすきま風が心地良かったので、数日後、もっとたくさん風を入れたくなりました。板を何枚かはずせば、たくさんの風が入って気持ちいいだろう。昼でも明るくなるだろう。そう単純に考えて、母の留守中に工場跡から拾ってきた石で叩いて、何枚かの板をはずしました。明るい日差しとそよ風と騒音が飛び込んできました。

即席の窓からは、対岸のバーやサロンの密集が見えます。ゆっくり流れる黒く濁った川も見えます。私はすごく新鮮な気持ちで、それらの風景をうっとりと眺めていました。

私は母の喜ぶ顔が早く見たかったです。しかし仕事から帰ってきた母は、私の窓のアイディアはほめてくれましたが、でも、ここは借りている物置きだから勝手に改造できない、とさびしそうに言いました。それではずした板を元に戻し、私の窓は半日で消えました。

「すきま風」で思い出すことがあります。

私が中学三年生の冬のことです。事情は忘れましたが、私たちのクラス五十人は音楽室で定期試験を受けました。監督に来たのが、私の一番苦手でコワイ、数学の先生でした。

試験が始まってすぐに先生は、列の一番うしろに座っている私のところへまっすぐやって来ました。そして、私の横に仁王立ちになりました。私は、先生に監視され、にらみつけられているようで、気が動転、頭がパニックになりました。何もやましいことはしてないのですが、心臓もドキドキです。試験が終わりコワイ先生も去り、やっとホッとしました。答案はさんざんで、その先生をうらみました。

次の試験で監督に来た先生は、優しい女の先生でした。試験が始まっても教卓から離れないで、ニコニコしながらみんなを見ていました。ひと安心です。

ところがです。すぐに私は、横から刺すように冷たい風を感じました。見ると板が少しズレていて、そこから冷たいすきま風が私に向かって吹き込んでいるのです。シンとした試験の真っ最中です。そのことを先生に告げる勇気はありません。寒さに震えながら試験を受けました。これまたさんざんな結果でした。

冷たい北風のなかを、ムシャクシャした気持ちで帰途につきました。歩きながら、意外なことに気がつきました。コワイ先生が私のそばで仁王立ちしていた時は、全く寒さを感じなかったということです。つまり先生は試験の間じゅう私の横に立ち、冷たいすきま風を防いでいてくれたのです。

そのことをひとことも語ることなく、当たり前のように教室を出て行ったコワイ先生。私は胸が一気に熱くなったのを覚えています。

バラックの住人たち

どぶ川沿いのバラックには個性的な人がたくさん住んでいました。私はその人たちから、人間として生きていくための勇気や知恵を学びました。

サーカスの芸人くずれの「ハルさん」さんは七十代です。厚化粧をし、派手な花柄のワンピースドレスを着て、いつもぶつぶつ独り言を言いながら歩いています。彼女の名前はその日の気分で変わります。ハルさん、チヨさん、ハナさん、マリーさん…、バラックの人たちは、とりあえず「ハルさん」と呼んでいました。

彼女のぶつぶつ独り言は、周りの人には理解できません。理解できないけれど、彼女が何かの不満や不合理に憤りを感じて、ぶつぶつ言っていることは伝わってきます。

バラックの人たちも、いろんな憤りを抱えて生活していました。「ハルさん」との違いは、それを言葉として表に出すか、飲み込んで我慢するかなのです。

さるべえさんは五十代ぐらいの男です。小柄なずんぐりした身体つきで、左腕がありません。腕はサメに喰われたと言ってました。

さるべえさんは早起きです。朝まだ暗いうちに起き、魚市場の岸壁まで歩きます。散歩のためではなく、水揚げや運搬でこぼれる魚を拾うためです。

さるべえさんは船員にも運搬員にも顔なじみが多いので、歩きながらたくさんの人とあいさつを交わします。運搬員のなかには、魚満載の台車をさるべえさんの前でワザと急停車して、あいさつ代わりに魚を落としてくれる人もいます。拾った魚は水洗いして、バラックの前でトロ箱（魚を運ぶ木箱）に並べて売るのです。新鮮だし安いしで、すぐ売れてしまいます。売り切れるとさるべえさんはトロ箱を抱えて口笛を吹きながら、意気揚々と共同水道に向かいます。


さるべえさんの朝の口笛は、バラックの人たちの気持ちも明るくさせてくれます。洗ったトロ箱をバラックの前に立てかけて干し、それから仕事に出かけます。さるべえさんは大浦川の河口付近で川底をさらって鉄クズを集める仕事をしています。大潮のころは忙しそうですが、それ以外はバラックの前でトロ箱に腰かけてのんびりしています。私が水汲みで通りかかると、必ず声をかけてくれて、トロ箱の横を空けてくれます。

私がトロ箱に座ると、さるべえさんはうれしそうにアメ玉を渡してくれます。それを舐めながらさるべえさんの話を聞くのは、私の最高の楽しみでした。

さるべえさんは、海の話をよくしてくれました。

大きな難破船が沈んでいて、そのなかに金銀財宝が光っている。でも船に近づくと必ず大きなサメがやって来て追っ払われてしまうこと。色鮮やかなサンゴの原っぱと悠々と泳ぐ極彩色の魚たちのこと。緑色の海と真っ白い砂浜に囲まれていた竜宮岩のこと。海底に潜ったら、作業着の男が直立したまま亡くなっていて、ゆらゆら手招きをしていたこと。

こわくなって水面へ逃げたさるべえさん、あとで事情を聞くと――その男は盗んだ銅線を足や胴体に巻きつけ、通勤船に飛び乗ろうとして失敗、そのまま海底にめり込んだそうです。人力では引っこ抜けないので、クレーン船が出動したと言います。

さるべえさんの話には海底がよく出てきます。それは若いころに沈没船を引き揚げるサルベージ会社に勤めていたからです。

さるべえさんの「さるべえ」は、サルベージの「さるべえ」だったのです。

立ち退き騒動

小学校から帰ってきたら、さるべえさんの家の前で、背広姿の役人二人と住人四、五人がにらみ合っていました。役人はバラックの住人に「強制立ち退き」を伝えに来たらしいのです。でも当時の役人特有の、横柄で人を見下したような口のききかたに、住人たちは頭にきたようです。激しいやり取りのあと、にらみ合いになっていました。

そこへ、「ハルさん」がぶつぶつ言いながらやって来ました。「やあ、ハルさん！」と声がかかっても反応がありません。この日はハルさんという名前ではないようです。彼女はトロ箱の上にヨイショと乗り、周りをぐるり見渡して、そして、大声で歌を歌い始めました。

「♪あんたあの～　リイドが　シマダアばゆらすう～　チイク・ダンスがなまやしか～」

緊迫した場面でいきなり　芸者ワルツ？　しかも、音程はいいかげんで、声はキンキン声。歌詞もメチャクチャ、「なまやしか」なんていったい何？　その場にいた人たちは、目くらましを受けたみたいに、ぼう然となりました。

ハルさんは歌い終わると両手を大きく挙げて、それからにこやかにお辞儀をしました。トロ箱の上が彼女の華やかなステージになっていたのです。

ここで万雷の拍手…、のはずが、二、三人が思い出したように叩くパラパラ拍手だけです。彼女はスーと現実に引き戻され、ニコリともしないでトロ箱を降りました。そしてまたぶつぶつ言いながら自分だけの世界を歩いて行きました。

緊迫していた役所の人と住民たちは、「ハルさん」の登場ハプニングで間が抜けたようになってしまいました。結局その日はそのまま、お開きとなったのです。

そんなある日、私が水汲みに出かけたら、さるべえさんがブリキ缶でたき火をしていました。大切なトロ箱を壊しては、ブリキ缶に放りこんでいるのです。

「どうしたと？」

「明日から、長か旅に出るたい。ここも立ち退きになるし…」

「……」

「昔住んどった家は原爆で吹っ飛び、跡かたもなか。駅前にバラックば建てて暮らしよったら汚かけん立ち退けって。そいでここに来たら、ここも強制立ち退き。観光長崎の恥やけんって――」

強制立ち退き、それは私たち家族も同じです。いったい、どこへ行けばいいのだろう。

「観光って、ヨソの人間の遊びやろうが。役所は見た目ばっかり気にして…」

さるべえさんが、「ちょっと待っとけ」とバラックの中に入り、口に広告紙をくわえて出てきました。手に墨汁と筆を持っています。地面に広告紙の白いほうを表にして広げ、四隅に小石を置いて、何か模様みたいなものと文字を筆で書きあげました。それは、とぐろを巻いて鎌首をもたげている蛇の絵です。鋭い目がこちらをニラんでいます。余白には太い字で、「一寸の虫にも五分の魂」と書きなぐってありました。

さるべえさんが言いました。

「これはウチの柱に貼るけん手伝どうてくれんね。取り壊しにきた奴らに、ここに魂のある人間が住んどった、って知らせたかったたい」

こうしてバラックの住人たちは、少しずつ去っていきました。つぶやきの「ハルさん」もいつの間にかいなくなっていました。

私たち家族も小高い山の中腹、石段を登りつめた所にある壊れかかった木造家屋のなかのひと部屋を借りました。三畳の部屋。便所小屋が家の外に付いていました。

間もなくバラック小屋は、すべて取り壊されてしまいました。

バラックが消えたどぶ川はスッキリと見通しがよくなりました。ところが見通しがよくなった分、川のヘドロが目立つようになりました。悪臭も通行人を直撃しました。そこで役所は川にフタをかぶせ、暗渠《あんきょ》にしました。まさしくクサいものにフタ、です。

こうしてどぶ川は人々の目に触れなくなり、表面上は「清潔」になりました。さらに暗渠の上を駐車場にしました。「清潔」になったうえに、駐車料金が入ってきます。役所は一石二鳥と自画自賛しました。その事業に拍手する市民も多くいました。

しかし暗渠にすると流量を狭め、周辺の山からの雨水も吸収できなくなります。長崎の地形では危険極まりありません。これは川のそばで暮らしてきた私たちにとって常識でした。

昭和五十七年七月、恐れていたことが現実となりました。集中豪雨が長崎を襲ったのです。

どぶ川の暗渠は、上流からの土砂・流木などの流失物で埋まり、行き場をなくした濁流は暗渠のマンホールの蓋を四メートルの高さまで噴き飛ばしました。そして暗渠が決壊、大洪水となり街は濁流に飲み込まれていったのです。

悪夢の夜が明けると、路上は一面、流木、ゴミ、瓦れきで、街は廃墟と化しました。この豪雨によって長崎市民二百六十二人の命が一夜にして消えてしまいました。どぶ川近辺の死者は八十四人。市内で最も犠牲が多かったのでした。

のちに市民による復興委員会が立ち上げられ、暗渠の早急な撤去を県議会や市議会に請願しました。そして平成十九年八月、どぶ川を塞いでいた暗渠が撤去されました。

四十年ぶりにどぶ川の川面が姿を現しました。

その翌年、私は川面と対面しました。ヘドロのにぶい光と潮まじりの独特のにおい。胸が締めつけられるほどなつかしく感じました。じっと眺めていると、バラック小屋や路上の小さな市場、地べたで寄り添って暮らす人間のぬくもりが鮮やかに甦ってきました。

出会いと別れ

苦手な女の子

私は小学校の授業が終わると、やらなければならないことが二つありました。一つは家に帰っての水汲み、もう一つは保育園に妹と弟を迎えに行くことでした。

共同水道に水汲みに行くと、時々出会う女の子がいました。私と同じ十歳ぐらいに見えますが、小学校には通っていませんでした。夜の屋台でゴミ出しや水汲みなどの手伝いで駄賃を稼いでいるようです。髪はボサボサで服はよれよれ、スカートには大きなツギが当たっていました。履いていたズック靴もボロボロでした。

その子はいつも周りを鋭く警戒し、どこかイライラしていました。水汲みの順番を待っている間もバケツを足で何度も蹴るのです。その子が次だと、せかされているようでこちらまで落ち着かなくなります。私はその子と会わないように時間をズラしたり、会っても目を合わせないようにしていました。

とにかく苦手な女の子でした。

ある日の水汲みのこと。いつもにぎやかな共同水道に人が誰もいませんでした。ガラ空きです。蛇口から流れる水が初夏の日差しにキラキラ輝いています。私は気分よく、つい「♪イキな黒べえミコシのマーツに〜」と『お富さん』を口ずさんでいました。

こんな時、学校で習った歌は出てきません。こぼれ出るのは流行り歌ばかりです。のんびりのどかな時間、いつまでも続いてほしい、と思いました。

ところが、新地橋かたわらのバラックからあの子が出てきたのです。手にバケツを持ってこちらに向かって来ます。のどかな時間は、一転、あせりの時間に変わりました。あの子が来る前にこの場を去りたい。でも水はやっとバケツ半分になったところ。水道の栓は何度ひねっても全開になっています。急げ、急げと気ばかりがあせります。

やっと水がたまりました。その時、女の子がやって来たのです。間一髪でした。私はあわててバケツをぶら下げると、逃げるようにその場を離れました。離れてすぐに、うしろから足音が追い駆けてくるのに気がつきました。その足音が段々大きくなってきます。不安になってチラリうしろを振り向きました。すると、あの女の子がすさまじい形相で走って来るのです。

私は何がなんだかわからず、とにかく逃げました。必死に逃げたけれどバケツを下げているハンディがあって、あっという間に追いつかれてしまいました。女の子はハアハア肩で息をしながら、ぶすっと怒った顔でこぶしを私の前に突き出しました。こぶしを開いたら、手のひらに水道の栓です。私が忘れてきたものです。

受け取ると、女の子はくるりと向きを変えて共同水道へ走り去りました。「ありがとう」を言う間もありませんでした。

共同水道を使用するには水道の栓が必要です。それがないと水が汲めません。真ちゅう製なので盗難予防のために各家庭で保管している大切なものです。私は共同水道を離れることばかりに気がせいていて、水道の栓を持ち帰ることをすっかり忘れていました。彼女は私の水道栓をにぎりしめて追い駆けてくれました。それなのに私は逃げていたのです。そして「ありがとう」のひとことも言えませんでした。

そのことを悔やみながら、とぼとぼとバラックのわが家へ向かいました。バケツの水がやけに重たかったのを覚えています。

それから、しばらく女の子の姿を見かけませんでした。水汲みの時間が私とは大きくズレていたようです。

北風の吹くころ、共同水道では中国人のおばさんが二人、大声でしゃべりしながら大根を洗っていました。私が水を汲み終わるとひょいと大根を渡してくれました。バケツがあるので大根はちょっと…、と言っても、「ダイジョウブ、ダイジョウブ」と押し付け、笑顔でバイバイです。右手に水の入ったバケツ、左手に大根、これは疲れます。少し歩いて中華街の入り口でひと休みしました。

するとと新地橋かたわらのバラックから、あの女の子が出て来ました。女の子は、開けた扉を石で止めると、また中に入りました。「母ちゃん…」と呼ぶ声が聞こえます。

やがて母親の手を引いて出てきました。母親は目が不自由です。女の子は足で扉止めの石を蹴飛ばして、母親と一緒にそろりそろりと歩き始めました。相変わらずよれよれの服とツギの当たったスカート。母親は古い毛布のようなマントのようなものを羽織っていました。

みすぼらしい親子は、私の前を通って中華街に入っていきました。女の子は突っ立っている私などは眼中にありません。顔を上げて鋭く前を見て、しっかりときっぱりと歩いて行きました。

街の中を、みすぼらしい姿の子どもが目の不自由な母親の手を引いて歩く。その緊張した面持ちと毅然としたまなざし。私にはとても神々しく思えました。だからその姿が角を曲がって見えなくなるまで、口をぽかんと開けて見送っていたのです。

バラックが強制立ち退きになったあと、目の不自由な母親と女の子は、高台の崖に掘られた防空壕跡に移ったというウワサを聞きました。

楠と混血児

長崎は楠の多いところです。長崎くんちで有名な諏訪神社も、楠の森にすっぽり埋まっています。

私が通った小学校の校歌の出だしは、「♪くすの若葉に風かおる〜」でした。高台にある小学校の校庭は大きな楠に囲まれておりました。余談ですが、歌手の三輪明宏もこの小学校の生徒でした。ここで貧しい同級生と懸命に働く彼の母親に出会い、その感動から『ヨイトマケの唄』を作ったそうです。

楠は校庭だけでなく、すぐ近くの広場や神社にもたくさんありました。放課後、妹と弟を保育園に迎えに行くまでの時間、そこでよく遊びました。ビー玉やクギ倒し、カン蹴り遊びに熱中したり、少年剣士になって猫を追い駆けたり、少年探偵団になって古い神社や招魂社を探険したりしていたのです。

広場のそばに巨大な楠があり、「大徳寺の大楠」と呼ばれていました。大徳寺はすでに廃寺になって存在しないのですが、なぜか名前だけが残っておりました。推定樹齢は八百年。木の根回りは、二三・三五メートル、胸高幹囲一一・六〇メートル。県下第一級の楠の巨木です。幹はすぐに三本の太い枝に分かれ、大きく横にうねりながら伸びて広がっています。その姿は、巨大な龍が右に左にのたうち回っているように見えます。根元には寄り添うように楠稲荷神社の祠《ほこら》があります。

広場での遊びに飽きると、その大楠のそばへ行きました。一人で行って何するわけでもありません。ただ大きい幹にもたれかかったり、太い枝にまたがったりしてぼうっと過ごしているのです。大楠は一本で森みたいになっていて、広場の喧騒とは別世界の静寂がありました。そこで、とろとろと居眠りすることもありました。

その幸せな静寂が破られたことがあります。

ある日、幼い声がキャッキャッと響き、幹のあちらこちらから子どもたちが顔を出してきたのです。三、四歳か――。どの子もどの子も、みんな好奇心いっぱいの瞳を輝かせていました。私が退散しようとしたら、肌の黒い縮れ毛の女の子が顔を出しました。その子は私に向かって、はじけるような笑顔で手を振りました。

私はドキっとしました。黒い肌、縮れ毛、真っ白い歯並び、大きい目…、見てはいけないものを見たような気になりました。コワばった笑顔を返しながらあわてて大楠を離れました。

そのまま妹と弟を迎えに保育園へ駆け出しました。保母さんに、大楠へやって来た子どもたちや肌の黒い女の子のことを話しました。保母さんは、「ジュン・シン・エンの子たち」と教えてくれました。

ジュン・シン・エン？　初めて聞きました。

ジュン・シン・エンは、戦争や原爆などで親を亡くした子、引き取り手のない混血児などを育てているところだそうです。

大楠のある大徳寺には、時々保母さんに連れられて遊びにきます。肌の黒い子は、「親とはぐれた混血児」と保母さんはサラリと言いました。「親とはぐれた混血児」と聞いて、得体の知れない悲しさを感じました。笑顔で手を振ってくれたのに、顔をコワばらせていた自分が情けなくなりました。

ジュン・シン・エン、漢字で書くと「淳心園」。四十年前に養護施設として設立されています。場所を聞いてびっくりしました。私が住んでいる銅座川沿いのバラックから歩いて三、四分のところにあるのです。全く知りませんでした。

翌日、学校を終えるとまっすぐに淳心園へ走りました。そこは飲食店街のど真ん中でした。お寺のような門の奥に二階建ての瓦屋根の建物が見えました。門はしっかり閉まっていたので、門の隙間から中をのぞきました。細長い道の先に小さなコンクリートの庭がありました。そこで六、七人の子どもたちが、ままごと遊びをしたり手まりをついたりしていました。

肌の黒い女の子はいませんでした。銅座市場で少し時間をつぶして、もう一度、門からのぞいてみましたが現れませんでした。私はあの女の子に手を振りたかったのです。いっぱい手を振りたかったのです。ただそれだけを考えて走って来たのに……。

がっかりして、下を向いてとぼとぼと帰りました。

この日、川沿いのバラックに役所の人がやって来て、全戸に初めて「立ち退き」の指示を出しました。

転校生

「立ち退き」をめぐってバラックが重苦しくなってきたころ、私のクラスに転校生が入ってきました。色白で目元涼しい、口数の少ない少年でした。事情があって、館内町のおばあさんの家にひきとられたそうです。館内町は、鎖国時代に唐人を囲い込んで生活をさせていた唐人屋敷のあった所です。屋敷跡は荒れ果て、市場の物置になったり、浮浪者の住みかになったりしていました。

図画の時間に学校の周りで写生をすることになりました。みんなは思い思いに写生場所へ散って行きました。転校生の彼は一人でもぞもぞしていたので私が、こっちに静かないい場所があるよ、と教えてあげました。

校門からの坂道を少し下がった大徳寺。私がいつも遊びに来ている所です。古い神社とクスノキ。その向こうに長崎の街が見えます。人通りはほとんどなく静かで、写生には絶好の場所です。

石段に二人並んで座りました。私はポケットから五本のちびたクレヨンを取り出しました。彼のは箱入りの真新しい十二色のクレヨンです。そのピカピカのクレヨンを、彼は恥ずかしそうに、そっと私の方へ押しやりました。「使え」ということみたいです。

私はちびたクレヨンで大丈夫だと強がり、そのクレヨンを押し戻しました。すると彼が今にも泣き出しそうな顔になりました。

私はあわてて「やっぱり、貸して！」と言ったら、彼の顔がパッと明るくなりました。それから、二人で赤銅鈴之助の歌を歌いながら、せっせと写生をしました。

写生に飽きたころ、彼を古い神社の裏の苔むした石垣に案内しました。私の秘密の場所です。石垣のなかほどの、石のすき間に詰めている小さな石を外します。中に私の宝物が隠してあるのです。それを特別に彼に見せました。

これは電線の中身、アカガネで銅。これは電球のクチガネで真ちゅう。これは酒ビンのフタでアルミ。ワケがわからなくてポカンとしている彼に、私は得意気に説明しました。

「みんな拾ってきたもんばい。もう少し集めて地金屋に持って行けばお金になるけんね。そしたら八色入りのクレヨンば買うと」

彼は目を大きく見開いて驚いていました。まさか、そんなガラクタが宝物で、しかもお金になるなんて、思いもしなかったのでしょう。そんなことがあって、彼と親しく話すようになりました。

六月の豪雨で、小学校下の道路が陥没したことがありました。館内方面から小学校に通じる道路は通行止めになりました。朝、妹と弟を館内の保育園に預けた私は、彼とばったり出会いました。彼は、通学路が通行止めで大回りしなくてはならない。だけど道がよくわからない、とオロオロしていました。

私はこの界隈の路地は野良猫と競い合えるくらいよく知っています。彼を学校へ続く抜け道へ連れていきました。路地から裏路地、裏路地から細路地、庭のような道のような不思議なところも通り抜け、学校に着きました。通行止めの館内方面からの一番乗りでした。心配して校門に立っていた先生たちにえらく感心されました。もちろん彼も尊敬の眼差しです。

気分を良くした私は、それから彼をいろんなところへ連れていきました。川沿いのバラック、中華街の路地裏、赤レンガの倉庫群、密集する飲食店街の迷路など——。私にとっては生活圏ですが、彼にはすべてが別世界の風景です。おっかなびっくり、でも、興味津々で私について来ました。

出島の岸壁で魚釣りもしました。

ひと月ほど前に、六年生の男の子が自転車に乗ったまま海中に落ちたところです。その子は近くにいた人にロープで救助され、自転車は米国の水兵たちが陸上に引き揚げてくれました。そんな事故があったので、小学校は岸壁での遊びを禁止していました。禁止されても子どもたちは魚釣りに出かけていました。ハゼや小さなアジなどがよく釣れました。

でも、どんなに遊びに夢中になっていても、造船所の四時のサイレンが鳴ると、私は遊びを中断して保育園へ向かって走り出します。妹と弟を迎えに行かなければならないからです。

ケロイド

彼は一度、保育園までついてきたことがありました。笑顔の優しい保母さんに紹介すると、保母さんは彼の頭をなでてくれました。彼はしきりに照れていました。

次の日、彼は意外なことを言いました。

「昨日の保母さん、腕にケロイド（原爆による火傷のあと）があった」

私は全く気がつきませんでした。そういえばあの保母さんはいつも長袖を着ていました。半袖姿を見たことがありません。頭をなでてもらった時に、チラリと見えたそうです。

「ようケロイドとわかったね」

するとと小さくつぶやくように言いました。

「母ちゃんにもケロイドのあるけん…」

それから、二人とも黙ってしまいました。

彼の家に行ったことがあります。古い小さな平屋でした。驚いたのは三畳ほどの彼の部屋があったことです。バラックの私の家より広いのです。座卓と千代紙を貼ったリンゴ箱の本棚がありました。本箱には、新品の『小学四年生』（学習雑誌）や『少年画報』（漫画雑誌）が並んでいました。これにもびっくりしました。私は近所のクズ集めのおばさんが持ってくる月遅れのボロ本を、それでも夢中で読んでいたからです。

二人で漫画雑誌を読みました。そこへおばあさんがおやつだと「はったいこ」を持ってきてくれました。麦の粉をお湯でドロドロに溶かしたもので、かすかに甘いのです。おばあさんは「こん子の友だちになってくれてありがとう」と、何度もお礼を言いました。

彼の両親は浦上で被爆。父親は工場で死亡。家にいた母親は、生後四か月の彼を抱いたまま爆風に吹き飛ばされました。熱線で母親の首から左腕は焼けただれてケロイドになり、そこから今でもガラスの破片が出てくるそうです。

この春ごろから容態がかなり悪くなり入院したので、おばあさんが彼を引き取っているそうです。彼は漫画に目を落としながら、無表情でおばあさんの話を聞いていました。私は漫画どころではなくなっていました。『原爆の図』（丸木位里・丸木俊、共同制作）の地獄絵が浮かんできたからです。先生に引率されて巡回展を見ましたが、あまりの凄惨さに夜うなされた絵です。

それから何日かたって、クラスの七、八人が授業中なのに外出することになりました。彼もそのなかの一人でした。どれくらいたったでしょうか、お菓子袋を抱えてみんなニコニコ顔で帰ってきました。教室残留の私たちは、その菓子袋がうらやましくて仕方がありませんでした。彼は「ＡＢＣＣで身体検査ばしたけん、お菓子ばもらえた」と教えてくれました。

ずっとあとになって知ったことですが、「ＡＢＣＣ」は原爆を投下した米国が設立した、被爆放射能の人体への影響を調査する機関だったのです。

私たちは原爆投下の年度に生まれています。「ＡＢＣＣ」に行った同級生は、生まれて数か月で被爆しているか、母親の体内で被爆したかのいずれかなのです。その調査結果は米国に持ち帰られ、日本国内では全く公開されませんでした。被爆した同級生たちは人体実験をされていたのです。

秋も深まったある日、彼が珍しく学校を欠席しました。先生は、お母さんが退院したので、彼はお母さんのところへ戻ることになり、明日転校すると話しました。

驚きました。頭の中が真っ白になりました。それからはすべてがうわの空、彼のことばかり考えていました。放課後、水汲みをして、クズ集めのおばさんのリヤカーの手伝いをしたあと保育園に走りました。

入り口のところに彼が立っていました。

びっくりしました。うれしかったです。胸の奥がツーンと熱くなりました。

彼は泣きそうな顔で走り寄って、古ぼけた小さな紙箱を私に押し付けました。そして消えそうな声で「さよなら」とひとこと、走り去りました。

とっさの出来事。私はぼう然と言葉をなくし、去りゆく彼を見ていました。箱のフタを開けてみると、ビンのフタや電球の口金がつぶされた状態で何個もありました。短い銅線も折りたたんでたくさん入っていました。彼と初めて話をした日に、秘密の石垣で私の宝物を見せて自慢したことを思い出しました。クスノキの若葉が青空に映える日でした。

次の日の朝、彼はクラスのみんなにペコンとお辞儀をして、ただそれだけのあいさつで、おばあさんと一緒に去っていきました。彼のお母さんが退院し一緒に暮らせるのはいいことですが、私はさびしくて仕方がありません。

保育園の帰り道、妹と弟を連れ遠回りして彼の家に寄ってみました。彼はもういません。おばあさんが鉢植えの草花に水をやっていました。

「あん子は転校が決まってからずっとガラクタば集めよった。夜も寝んごとして、電線の皮ばひんむいたり、ビンのフタばつぶしたりしとったばい。私も近いうちあん子のところへ行くと。あん子の母ちゃんの容態が悪うなるのが心配やけん――」

しんみり話すおばあさん。私は悲しみがどっと押し寄せて涙があふれてきました。そんな私を見て、妹も弟も泣き出しました。ワケもわからず、火がついたように泣きだしたのです。驚いたおばあさんは、温かい「はったいこ」を作ってくれました。それを三人でしゃくり上げながら食べました。

私の家族は引き揚げ者なので、被爆はしていません。でも長崎で暮らしていると、身近に被爆した人がいるし、原爆にかかわるいろんなウワサも伝わってきました。

原爆は当初、米国の意向で惨状も被害も秘密にされていたのです。だから風評だけが広がりました。被爆者と結婚すると奇形児が生まれる。ケロイドはうつる。被爆者に近づくな――。被爆者は後遺症状や晩発性症状のつらさや不安とともに、そんな風評による差別や偏見に包囲されていたのです。

そして爆心地あたりは平和公園となり、たくさんの観光客が訪れるようになりました。原爆投下の八月九日には盛大な祈念式典も開かれ、テレビで中継されるようにもなりました。

でも被爆者やその家族は、原爆地獄をさまよい続けていたのです。

被爆で精神が不安定になってしまった人。ケロイドや抜け毛を苦に閉じこもってしまった人。被爆者だからと結婚を断られ自死した人。被爆を隠してひっそりと暮らしている人……。私の大好きだった保母さん、あの腕にケロイドがあった保母さんは、私が中学生になった年に亡くなりました。原爆による白血病でした。

第三章

青春のあかり

十五の春に

どこで働くか

一九六〇年、池田内閣の所得倍増計画を受け、経済大国への道を走り始めていた日本は、空前の人手不足に直面していました。

そんななかで、中学三年の私は卒業したら就職することに決めていました。母が日雇い仕事をして女手ひとつで三人の子どもを育てています。長男の私には、高校に進学するお金がないことはよくわかっていました。それより少しでも母の負担を減らしてあげたい、手助けになりたいと思っていたのです。

三年生の秋には、就職担当の先生からガリ版刷りの分厚い県外求人一覧を渡されました。求人は大阪、愛知、東京の中小の工場や商店が主でした。私は来る日も来る日も、その求人一覧を眺めては、見知らぬ大都会に思いを巡らせていました。

クラス五十人のうち就職予定の生徒は七人でした。女子は三人全員が愛知県下の紡績工場、男子は東京の町工場や商店を希望していました。私一人が希望先を決めきれず、ぐずぐずしていました。

体調の良くない母と幼い妹弟を残したまま、長崎を離れることのふんぎりがつかなかったのです。でも長崎市内の求人は少なく、条件は県外に比べると見劣りのするものばかりでした。市内で働く私の姿を、高校へ通う同級生に見られたくない、という思いもありました。

秋も深まると教室は高校受験一色です。私たち就職組は居心地が悪くなりました。授業中、私は先生の目を盗んで教科書にパラパラ漫画を描いたり、消しゴムをナイフで切り刻んで、船や車を作っていました。

昼休みは県外に就職が決まっている友人のキムラと、校庭のクローバーの原っぱで大の字になり、そして、空を見上げながら、就職への不安や悩みを語り合ったものでした。

県外就職か市内か、いつまでも煮え切らない私に担任は、長崎造船所の技術学校の受験を強くすすめました。技能養成工として三年間、学科と実習を習い現場配属に備える学校です。技能を身に付け、しかも給料がもらえます。卒業後はそのまま、大企業である長崎造船所に就職できます。

しかし、私には難点がありました。技術学校は近県からも受験生を集め、競争率が高いのです。就職と決めていた私は受験勉強を全くやっていません。それに造船に勤めている子が優先だとか、上役のコネがないと入れないとか、母子家庭はムリだとかの風評がありました。

また技術学校では高校卒業の資格が取れないし、定時制高校への通学も禁じられています。このことも気がかりでした。

映画『一粒の麦』

そんなある日、中学新卒者の県外就職激励会が市のホールで開かれました。一応、県外就職を希望していた私は、クラスの就職組の人たちと一緒に出かけました。授業中に街へ出かけられるのがとてもうれしかったのです。ホールには市内の中学校から就職組の生徒たちがたくさん集まっていました。

そこで上映されたのが『一粒の麦』という映画でした。地方の中学校を卒業して東京に集団就職する少年少女たちと、彼らを見守る教師の姿を描いたものです。

日本が高度経済成長を続ける時期に東京・大阪などの大都会へ向けて、地方から集団就職列車が走っていました。乗っていたのは中学校を卒業したばかりの少年、少女たちです。

集団就職は一九五四年ごろ、東京・大阪の主として商店の団体が、地方の職業安定所と連携して、中学新卒者を集団採用をしたのが始まりです。当時は人手不足が深刻で、求人は賃金の安い中学新卒者に集中していました。求人が求職の四倍〜五倍に達していました。ちなみに一九六〇年の初任給の平均は、中卒者で四千円、高卒者で一万一五六〇円、大卒者で一万七一七五円（都労働局調査）でした。

ひくてあまたの中学新卒者は「金の卵」と言われ、その「金の卵」たちの集団就職風景は春の歳時記の一つになっていました。時代の象徴としてマスコミにも多く取り上げられていました。

映画は集団就職列車が福島から引率の井上先生と生徒たちを乗せるところから始まります。列車が上野駅に着くと、生徒たちは職安の係員によって、地区ごとに番号で分けられ、各雇用主に引き渡されます。梅夫はそば屋へ、香代は小児科のお手伝いさん、強は自動車修理工場の工員、実と次男と権三は鉄工場の工員、四郎と誠はガラス工場の工員、夕子、かつ、明子は浜松の織物工場へ。

みんな、慣れない都会での仕事に苦労します。ある日、四郎と誠がガラス工場から脱走したという連絡が井上先生に届きました。急きょ上京した井上先生は警察に保護されていた二人から話を聞きました。すると、給料は約束の半分、夜学にも通わせてもらえない、休日も働かされている、というのです。二人を引き取りに来た工場長に井上先生はきびしく詰問します。しかし、工場長は全く悪びれる様子もありません。

修理工になった強は、オート三輪の免許を取りました。しかし工場で整備したトラックが整備不良で大事故を起こしてしまい、それで工場は倒産、強は失業してしまいます。

そんな折、鉄工所の実は肺を病んで福島に帰されてしまいます。その代わりにと強がそこで働けるようになります。その採用面接の日、強の母は福島で亡くなってしまいます。葬式にも帰ってこない強を心配して、井上先生はまた上京します。そして強が仕事を失うことを恐れて母の葬式にも帰れなかったことを知らされます。


この映画は慣れない都会で苦労しながらも、懸命に生きていく少年少女たちの姿を力強く描いています。だから「就職激励会」で上映されたのです。就職した生徒に寄り添う先生の姿もすばらしく、隣のキムラは、目を潤ませて感激していました。励まされたという生徒もいました。

だが私は大ショックでした。当時、「金の卵」とまで言われ、マスコミにもてはやされていた集団就職の現実とはこんなに厳しいものだったのか――。思い知らされました。

軟弱な私には、やっぱり県外就職は無理だ、母や妹弟とも離れたくない、と強く思うようになりました。そして長崎造船所の技術学校を受験する決心をしました。試験に落ちたら、その時点で市内の就職先を決めようと考えたのでした。

試験まで四か月しかない、泥縄式の受験勉強でした。当時の私の家は、四畳半の借家に母子四人が暮らしていました。最初は押入れに潜り込んで勉強しましたが、狭くて窮屈で勉強に集中できません。気持ちばかりがあせります。

近所に住んでいて、技術学校を受験するというアラキに頼み込んで、彼の部屋で一緒に勉強させてもらいました。毎日深夜まで必死の受験勉強。トイレに行く時間ももったいないと思うくらい気が張っていました。

結果は、合格。アラキも合格でした。公衆電話から、作業着に埋もれて破れ補修の仕事をしている母に電話をしました。

「ほんとね。ほんとね。夢のごたるね…」

涙ぐむ母の声を聞いて、私も胸がいっぱいになりました。

「薄暗いバラックに一筋の明るい光が差し込んできたようでした」

その日の「母の日記」に書かれてありました。

就職列車

東京の電機店に住込みで就職することになっていたキムラは、身体も大きく腕力もあって、けっこう威張っていました。彼とは、ボロ家、母子家庭、長男、貸しマンガ屋の常連、そして就職希望ということが同じで、三年生になってからよく話をするようになっていました。

彼が就職列車に乗って東京へ出発する日、私は長崎駅まで見送りに行きました。駅は出発する生徒や見送る人たちでごったがえしていました。五島の中学校名が書かれたのぼりがありました。離島の生徒たちも海を渡ってきて、ここから就職列車に乗る、私も乗るはずでした。

キムラは真新しい大きなバッグを両手で持っていました。学生服の胸には赤いリボンがついています。見送りの家族や同級生に囲まれて、照れくさそうに緊張していました。

「電機部品の配達ばってん、オイは新聞配達で足ば鍛えとったけん、いっちょん心配しとらん。東京は、長崎とちごうて土地がまっ平らやけん、ラクチンばい」

見送りの人たちを笑わせ、就職列車に乗り込みます。蛍の光のメロディとともに、列車が動きだし、見送りの人波も一緒に動きます。

「からだに気をつけて！」

「家のことは心配せんでよかけん…」

「手紙ばくれんね！」

家族や友人は、ほとんど泣き声で叫び、ちぎれんばかり振られる手。車窓から精いっぱいに身を乗り出したキムラの顔が大きくゆがみ、人影の向こうに消えていきます。

図体が大きくても、いっちょまえに生意気な口を聞いても、まだまだ十五歳です。全く知人のいない東京での住み込み生活、どんなにか不安の多いことだろう。私は友の前途を案じて涙したのでした。


ところがそのキムラが、三か月後に東京の電機店を辞めて帰ってきました。薄暗い喫茶店の片隅で、キムラは目を潤ませながらその理由を話してくれました。

「商店の配達仕事というても、朝の六時にたたき起こされて、店の周りの掃除、朝食の準備、後片付け、そして、先輩たちの材料の整理や用具の準備、自動車への積込みの手伝い。出発前の殺気だった雰囲気で、毎朝、動作がのろか、気がきかん、と先輩たちに怒鳴られる。先輩たちが出かけると、今度は主人や奥さんのご用を聞き、小間使いのように走り回るともんね。礼儀作法や言葉づかい、とくに長崎弁ばきつく注意される。そん合間に、品物の名前と値段、包装の仕方、配達先の名前と道順ば覚えんばいかん。

その日の配達が終わると、こんどは帰ってきた先輩たちの材料や用具を降ろし、洗車、店周りの掃除、食事にありつくとは夜の八時。風呂に入って床につくのがいつも十二時過ぎ。給料はまだ見習いやけんと就職案内に書いてあった額の半分しかなかと。

一日じゅう自転車で走り回って、怒鳴られて、バカにされて、自分の時間もぜんぜんなか…。店は息子が継ぐことになっていて、先輩たちはやめる時期ばっかり計算しとる。夢も希望もなかと。

母ちゃんから、〝元気にしていますか〟って手紙が届いた夜は、さびしゅうて悲しゅうて涙ぼろぼろで泣いたばい。泣き声が横で寝ている先輩に聞こえんように、タオルば口にくわえて泣いとった…」

彼は三週間ほど長崎にいて、それからまた東京に向かいました。職安で見つけたゴム加工工場で働くのだそうです。今度のところは寮があるし、日曜は休める、と喜んでいました。

ところが五か月後の年賀状には、「いろいろあって大阪のプレス工場で働いている。四月から夜間高校に通うつもり」と書いてありました。すぐに返信を出したら、宛先不明で戻ってきました。以来、消息が途絶えたままです。

時代の証言として

中卒求人は一九五五年には四三万人だったのが、一九六〇年になると九四万人へと増大していきました。高度経済成長は当然ながら労働力の強い需要をともなっています。人手不足は年ごとに深刻になっていました。

その人手不足解消の切札として集団就職が登場したのです。それは売り手市場の中卒の地方労働力を吸収するには確かに有効な方式でした。しかし、集団求人は町工場や商店にとってたんなる「人手」需要にすぎません。中卒者を熟練技術者や商店経営者に育てあげようとするのではなく、あくまでも補助的労働力と見なしていたのでした。

だから中卒で働く年少者は、自分の人生設計ができないでいました。当然、雇用主への不信や不満、将来への不安が渦まきます。結局離職・転職を繰り返すことになります。そして都市の流動的若年労働者層を形成していきます。そこには非行への「転落」も含まれていました。

集団就職は一九六〇年代半ばを越えると、急速にその規模を縮小、消滅しました。経済発展のなかで機械化、合理化が進み、高校進学率も上昇、集団就職が成立する条件や必要性がなくなったためです。

あれから半世紀がたち、集団就職は人々の記憶からも消えようとしています。しかし都会の企業や商店で、前近代的な労働条件や労働慣行に翻弄されつつ高度経済成長を下支えしていた「金の卵」たち、地方出身の働く年少者たちが大勢いたことを忘れてはなりません。

その存在自体が、高度経済成長時代の底辺からの貴重な証言だからです。

働き学ぶこと

『みどり会』

四月から私が通った技術学校は、長崎造船所の構内にある木造二階建ての古びた建物でした。そこでガイダンス的な授業がしばらく続き、やがて工場内の実習場で実習が始まりました。実習の最初は、ハンマーとタガネ（鋼製のノミ）で鉄材をハツル（削る）作業でした。要領の飲み込めない私は、タガネを打ちそこねて何度も自分の手を叩きました。腫れあがった手を眺めながら、ため息をつく毎日でした。

鋼材を平らにするヤスリかけでは、私だけが丸くなって叱られる、旋盤の操作では、両手の動きがうまくいかず、バイト（旋盤用の刃物）を破損させる——前途多難を予感する日々でした。

当時、労働省婦人少年局が主催する年少労働者の作文コンクールがありました。その長崎県大会に私の作文が入選しました。この作文コンクールは、実は私が衝撃を受けた映画『一粒の麦』を記念して、労働省が始めたものです。

表彰式で読み上げられる作文は、「仕事はつらいけど、夢にむかってがんばる」といった優等生的なものが多く、労働省が企業主に呼びかけ、企業主が「勤労意欲」や「向上心」のある作文を選考して推挙していたからです。

ほとんど落ちこぼれ状態だった私も、作文では会社を意識しながら、「困難にめげず、世界を舞台に活躍する造船マンになりたい」などと書きました。それが入選したのです。

授賞式のあとで同席した年少者たちだけで雑談をしました。大人の目がない時間です。すると家族や仕事や住み込み生活の悩みがぼそぼそと語られました。

「給料が安いので、家に仕送りするためおかず代を節約している。ごはんにお湯をかけたり、マヨネーズに醤油をまぜたりして…」

「だらだら勤務で、ちゃんとした休日がない。出かける時は、ご主人の許可が必要」

作文に書かれた夢とか希望などからは、想像できない厳しい現実を感じさせられました。映画『一粒の麦』の世界そのものでした。

就職列車が向かう遠くの大都会でなくても、自分のこの地元でも、年少で働く者はたくさんおり、それぞれが一人ぼっちで困難と向き合っていたのです。

そこで、このような働く年少者が雇い主や大人たちを気にすることなく、思いっきり話ができる場を作りたい、仲間づくりがしたいという話になりました。さっそく、町工場や個人商店で働く若者たちに呼びかけました。呼びかけのビラは、長崎県婦人少年室で作らせてもらいました。

ところが、呼びかけに応じて当初から参加を決めていた造船所病院の準看護婦養成学校の生徒たちが、学校からの強い圧力で泣く泣く参加を断念することになりました。「得体の知れない団体だから」ということらしく、まだ発足もしていない、内容はこれから相談して決める、という段階での横やりに憤りを感じました。

それでも新聞が好意的に報じてくれたこともあって、短期間に百人近くの働く年少者（十五～十八歳）が集まりました。

会の名称を『みどり会』と決め、比較的時間のある私が会長に推されました。工場の実習ではヘマばかりして落ちこぼれ気味だった私は、この会のまとめ役として燃えました。

ある日、私は技術学校の校長に呼び出され、『みどり会』について詳細を聞かれました。

「技術学校や造船所に〝健全〟な部活動やサークルがあるのに、何の思惑があって外部の人間と一緒になるのだ。組織化するのだ」

かなり厳しく問い詰められました。

私は労働省の婦人少年局の名前を出したり、年少労働者作文コンクールを出して、強く反発しました。

「大人たちの管理や偏見のなかでも精いっぱい生きている青春をまっすぐに語る会なのだ。勤務時間外でもあり、とやかく言われる道理はない」

十五歳の私の、これは精いっぱいの抵抗でした。

そんなこともあって私たちは、大人に対して不信感を募らせていました。

そんな時、私たちを励ましてくれたのが、佐々木房男さんでした。佐々木さんは長崎の繁華街にビルを建て店舗を構える社長さんでしたが、年少労働者福祉員協議会の理事長でもありました。

会の発会式や総会に出席してもらい、人生の先輩としての話を聞かせてもらいました。機関誌『みどり』にも寄稿してもらっています。いつもにこやかで、親しみやすい人柄でした。

佐々木さんが続けていた平和公園納骨堂の清掃も、一緒にやらせてもらいました。何よりもありがたかったのは、働く青少年のために私財を投じて、「憩いの家・若葉会館」を建ててくれたことです。若葉会館には、図書館、会議室、ホールなどがありました。管理人はいましたが、私たちの自主性を尊重して全く口出ししませんでした。そのうえ、あまり会館の宣伝をしないので利用者が少なく、私たちは自分たちの施設みたいに使っていました。

この若葉会館について、佐々木さんは次のように語っています。

「私は年若いころから、勉強したくてもできず、そのために人知れず悲しい思いや苦労を味わった。世の中には種々な事情のため、希望を見失う青少年が多い。若葉会館が少しでも働く若者たちの役にたつことができれば幸いです」

佐々木さんは、小学校を卒業すると、商店の見習い奉公に出ました。朝から晩までこき使われ、勉強する時間は与えられませんでした。それでも向学心のある佐々木さんは、寝床に入ってから灯りを小さくして、こっそり本を読んでいたそうです。

二十二歳で独立・開業して以来、不況や戦争の荒波に何度も沈没、座礁しましたが、独力で乗り越えてきました。

雨合羽が黒一色だった時には、明るい色の雨合羽を売出し「雨合羽の佐々木」と呼ばれました。「佐々木百貨店」と、長崎で初めて百貨店という呼称を屋号にしました。満州へ出かけて商売をしたり、大道で商品を並べて売ったり、戦後すぐに、五十人のモデルを出演させて長崎初のファッションショーを開いたり――。

個人的な努力とアイデアで道を拓いていった人なのです。

「青少年は出世が大事。出世とはね、今いる世界に安住することなく、世間に出ること。新しい世界に踏み出すことなんだよ」

私たちによく話してくれた言葉です。

生活の記録

『みどり会』の例会は月一回、日曜日の午後でした。常に二、三十人が集まり、テーマを決めて話し合ったり、フォークダンスやゲーム、歌などのレクリエーションを楽しんだりしました。

にぎやかに例会が終わっても、残って話しこんでいく人が多く、住み込み生活のつらさを訴える人、職場でいじめられている人、転職したいと考えている人、家庭内のトラブルに悩んでいる人、好きな人がいるのだけれど打ち明けられない人、世の中の矛盾や不合理を憤る人。

午後九時に会館が閉まっても、まだ話し足りなくて、夜の街を歩きながら話し続けました。みんな、明日の朝は早くから仕事なのに、です。今思うと、話しても話しきれない思いが心に充満していたのでした。

足りない時間を補うように、ガリ版刷りの機関誌『みどり』を発行しました。その機関誌（創刊号から第四号まで）を、造船所や『みどり会』以来の親友・馬越典一君が保管していました。それを好意で私に譲ってくれました。五十年ぶりに機関誌と対面、なつかしく読みました。

例会の報告のほかに、当時の奉仕活動を紹介していました。会としてはレクリエーションの印象が強かったのですが、今でいうボランティア活動を十五、六歳で自主的にやっていたことに新鮮な驚きがありました。私はすっかり忘れていました。

そういえば、施設の子どもたちと遊んでいる写真を見た記憶があります。当時十人町にあった民間の養護施設「みのり園」を何度か訪問していたのです。機関誌の活動紹介でそのことが確認できました。

原爆病院の入院患者さんたちと外出交流もやっていました。

「…久しぶりの外出が楽しい時間でございました。患者の会を代表いたしまして厚く御礼申し上げます。皆様の御厚情、何時、果てるまで忘れません」（原爆患者の会、鶴崎清一）

原爆で亡くなった子どもたちを慰霊し、人類永遠の平和を願うため、「長崎平和折鶴会」がすすめていた『平和を祈る子』建設募金運動にも積極的にかかわっていました。

代表・平川豊子さんからのメッセージが機関誌に載っています。

「〃みどり会〃のみどりと、平和の鶴が手をとり、心を結んで、世界の空を美しく飛んでいくことを、私は祈っています」

『平和を祈る子』の像は一九六七年八月九日に完成、平和公園に設置されています。台座には、次のことばが刻まれています。

「原子雲の下で母さんにすがって泣いたナガサキの子供の悲しみを二度と、くりかえさないように。大砲の音が二度となりひびかないように、世界の子供のうえに、いつも明るく太陽が輝いていますように」

機関誌『みどり』の最大の特徴は、日々の喜怒哀楽が素直に表現されていることです。今となっては、働く年少者の貴重な生活記録になっています。その一部を紹介します。

「母に」と題した十六歳の女性の記録。彼女は島原出身で、住み込みのお手伝いをしながら定時制高校に通っていました。

一年中日焼けした顔、余分な肉づきを与えないがっしりした両の肩。母は女ながら男性のようなたくましさを持っています。母は年のわりには老けていると誰もが言います。でも私はそうは思いません。まだ三十代を思わせるほど若くて元気で、はつらつとしています。私はどうかすると、母を姉のように思う時があります。

私の瞳の奥には、これまでの母の姿がさまざまに焼きついています。

灼熱の太陽の下で砂利を運ぶ姿。稲の穂の激しい草いきれにあえぎながら草取りをする母。

力いっぱい猫車（土砂運搬の一輪車）を押す姿。男の人に混じってセメント袋を担ぐ母。

そして私が一番好きな母は、雨の日にほそぼそと縫い物をする時です。幼いころ、針の手を動かす母の側に寝ころんで絵本を読んでいた私。この時だけは、幸福感と安心感でいっぱいになっていました。

今年で不惑を迎える母ですが、このごろ、ある話の途中で私にこんな事を言いました。

「母さんに恩返しをしたいなら、早よう立派になって、幸福な家庭を持つことよ」

ありがとう、母さん。

でも私達兄弟は、この母を決して一人ぼっちにはさせない。日本一の幸福にしてあげるつもりです。

その目標に向かって前進！　今日も、そして明日も…。


次も同じ十六歳で、働きながら定時制高校に通っている女性です。

私は八時から五時まで働く。働くということは生きるということです。

会社に着き、事務服に着替える。さあ、私は社会人だ。未熟だけれど一人の社会人です。いやな時にも上司の命令を聞き、うれしくない時にも笑顔をつくらなければならない。

私は自分に正直に生きたい。でも残念ながら世の中には、がまんしなければならないことがたくさんある。

そして待ちに待った五時がくる。

事務服を脱ぎ、さあ、学生だ。学生服を着るとなぜかホッとするのだ。この制服が学ぶ尊さを教えてくれるようだ。

五時過ぎに会社を出る。今日という日は暮れかかっているけど、私自身の一日はこれから始まるのだ。

学校に着き、授業が始まる。ところが私の身体が思うようにいかない。眠たくなる。身体がきつい。会社でのささいなことで、精神的に疲れているのかも知れない。

友達といろいろ話す。話していると、会社であったイヤなことも薄れていく。

学校からの帰り道は格別である。星空の夜道を急ぎながら、いろんなことを考える。今日は果たして有意義な一日であっただろうか。私は精いっぱい努力しただろうか。

家に帰ると睡眠という休養が待っている。

こうして、私の一日が終わる。昨日もこうだった。明日もこうだろう。でも、この平凡な毎日が私を成長させるのだろう。

鉄工所で働く十七歳の男性は、転職の経験を次のように記録しています。

私は中学校を卒業すると、友人の紹介で市内のある製網会社に就職した。その時から苦しい労働が始まった。

不自由な足を引きずりながら、二百キロもあるロープや網を乗せ、桟橋へ、岸壁へと引いて回らなければならなかった。

工場へ帰ると網を編まねばならない。気は急げども手は思うように動かない。それがすむとコールタールで染めなければならない。

三十分ばかりタールの中に入れておいて引き上げる。しかし、タールをたっぷり吸い込んだ網はとても重い。一人でいくら力んだとて少しも上がらない。皆に笑われながらも、助けを求めようやく引き上げた。これが終わると網の原糸の配達である。

自転車で軽快に配達する時はいいが、なにしろ長崎は坂と段々が多い。丘を越え、坂を登り配達していく。

こうして毎日同じ仕事を繰返すうち、急に不自由な足に激痛を感じるようになった。リヤカーを引くと、足へ〝ズキッ〟とくる。しばらくは歯をくいしばりがんばったが、激痛は増すばかりである。

四、五日、会社を休み、もっと足に負担のかからない仕事を求めて職安へ行った。係の人は一時間あまりも書類をめくって、私の仕事を探してくれた。

それは、ある鉄工所だった。さっそくその会社に行くことにしたが、障害者である自分を快く迎えてくれるだろうかと内心不安であった。

社長が私と面会してくれた。そして、現場とも相談の上採否を決めたいから三日ばかり待ってくれと言われた。私は不安を胸に会社をあとにした。

それから三日すると職安の人から手紙が来た。それには、こう書いてあった。

「先日行った会社の社長さんは、見習いより修業されて、当時の経営者に認められて社長になったと聞いております。あなたも苦しい事もあるでしょうが、今の学校でしっかり勉強をしてください。そして心に曲がることのない筋金を入れてください」と書いてあった。

今まで職安の人といえば、ただ職を紹介するだけと思っていたので、親切な励ましの手紙をもらって心から感激してしまいました。

その翌日、会社から採用通知が来た。私は飛び上がって喜んだ。しかし、その喜びの中に暗い影が私の胸をつつみ始めた。今勤めている会社に何と言ってやめようか。この忙しい時に快くやめさせてくれるだろうか。

しばらく心を静め、今の会社に辞職願いを書いて出したが、あまりに突然な事で会社の人は私をしばらく見つめたままだった。

そして、私が悩み苦しんだ通り、今少しいてくれと言われたが、私がきっぱりと断ると、その声は激しい怒声と変わった。

いろいろの怒声を背に私はとぼとぼと家へ向かった。家が近づくにつれて、心のいらだたしさが次第に喜びに変わってきた。

こんな事があってもう二年にもなる。今は多くの友もでき、仕事にも慣れ、思うぞんぶんに腕を振るう事ができる明るい毎日を送っている。

思えば苦しい二年間だったが、今思い出すとなつかしい。

苦あれば楽あり。明日は明日に向かってがんばろう。

井田さんの幸せ

技能養成工としての三年間が終わり、私は飽の浦の製罐工場に配属されました。始業は八時です。朝起きると朝食もそこそこにわが家を飛び出します。墓場の中の近道を通り、海星高校前の坂道から赤レンガ塀の階段を下り、オランダ坂の石畳を抜けて、松ヶ枝桟橋に着きます。そこから対岸の造船所へ船で出勤します。船は会社が出しているので「社船」と呼ばれています。でも仲間うちでは「奴隷船」と言ってました。

いつも船が桟橋を離れるギリギリで、飛び乗ります。それから約十分の船旅です。この十分間、エンジン音をBGMに、大きく背伸びをしたり、波しぶきを見たり、他人の読む新聞をのぞいたりして、のんびり平和に過ごしています。

船が対岸の桟橋に着くと、みんなが早足になります。守衛が監視するゲートを通り、タイムカードを押します。更衣室で作業着、安全靴、安全帽、命綱を着装し、作業現場へ向かいます。

製罐工場の陸上用ボイラーを組み立てる組が私の配属先です。その組の組長から「作業目標」や「安全講話」などの話を聞き、ラジオ体操をして、小さな作業班に分かれます。

私は定年が近い井田さんの手元（助手）として働きます。井田さんは耳が少し遠く、必要なこと以外ほとんどしゃべりません。黙々と仕事をします。

近郊の小さな漁村に住み、早朝の畑仕事を済ませて一番列車で通勤してきます。工場へも一番乗りです。人が出勤する前に現場の清掃をして、工具の手入れをやり、図面を広げて、工程を考え、作業のイメージをふくらませています。

みんなが顔を見せるころは、油で黒光りのするイスにゆったりと腰をかけ、大きな湯呑みでお茶を飲んでいます。その湯呑みを片付けようとするころ、私がバタバタと駆け込んできます。仕事もロクにできない新入りのくせに、遅刻ギリギリでやってくるなんて、ホントにしょうもないヤツです。そのことは自分でよくわかっているのですが――。

井田さんは笑顔で今日の仕事の手順を教えてくれます。作業の流れを口で言って、さらにそれを紙に書いて、私がやるところには○印をつけてくれます。手が空いたら手伝ってほしいところは△です。

そのうえで、すでに用意してある必要工具を広げて、この作業にはこれとコレ――と説明をしてくれます。小学校の先生より丁寧です。周りが作業に入り、けたたましい騒音が聞こえ始めても動じません。ゆっくりと説明を続けます。

一つのボイラーを組み立てるまでには、専門職人の手がたくさん必要です。パイプを曲げる曲げ工。電気溶接の溶接工、ガス溶断のガス工、バラス（微細粒子）で内面仕上げのブラスト工、吊すためのワイヤーを掛ける玉掛け工、クレーン工……。

その人たちへの連絡や調整も井田さんがやります。私は井田さんの伝令として走ります。それぞれが熟練工ですが、連絡調整が悪いと、怒鳴り合いになったり、作業ミスが頻出したりします。

井田さんは作業工程を私に説明しながら、自分でも手順や完成イメージを何度も図面で確認している様子でした。

「段取り八分」が井田さんの口ぐせです。段取り（事前の下準備）がよくできていれば、仕事の八割は終わったようなもの、と言います。やがて井田さんのきっぱりした声が響きます。

「さあ、いっちょう気張ろうかい！」

作業開始の合図です。

天井クレーンが動き出し、溶接や切断の火花が飛び、玉掛け工のホイッスルが響き、ドラム造りは怒涛のごとく始まりました。

それからの三週間、私は井田さんの手元として、昼食の時間も惜しいくらい働きました。作業は順調に進みました。ところが中盤になって、設計の部分的変更が飛び込んできたり、予定と違うパイプが送られきたり、溶接ミスが発見されたりと、まさかのアクシデントが続きました。

おかげで納期が迫ると、残業につぐ残業となりました。引き渡しの前日は徹夜覚悟の最後の追い込み、ということになってしまいました。朝から一分一秒を競う緊迫した作業展開です。気になって私は弁当がのどに入りません。井田さんは、激することも、落ち込むこともなく淡々と作業をこなしていました。

ドラムは夕刻に完成しました。「完了！」と宣言する井田さんの声が工場に響き渡ると、期せずして拍手が起きました。みんなから少し離れた場所にいた私もボイラーに向かって拍手をしました。

最終点検のため井田さんと私は残業しました。

井田さんはウエス（ボロ布）で、本体の隅々、パイプの一本一本、小さなボルトまで、丁寧に時間をかけて拭いていました。いとおしくてたまらないという風情でした。元はバラバラの鉄板やチューブやボルトです。それが辛抱強く正確に組み立てられて、今は一つの生命体のようになっています。

造りあげるということは、そこに働く人の思いを重ねて、新たないのちを産み出すことなのだとしみじみ思いました。

足場をはずし、散乱している工具類を片付け、ドラムの中を掃除し、工事用の電灯線を巻き取って、すべてが完了しました。井田さんが日本酒の小ビンとスルメと鉄板のカケラを持って来ました。鉄板をガスバーナーで真っ赤に焼き、それにスルメをのせてあぶります。ボイラーのそばでささやかな完成祝いです。

井田さんがポツリと言いました。

「苦労をかけた子、キカン子ほどかわいいか…」

昼間の殺気だった喧騒がウソのように静かな工場です。裸電球に照らしだされた井田さんと私とボイラーの影は、まるで寄り添う家族のようでした。

私は、「作業効率を上げるため、土の作業場は全部コンクリート舗装にする」と、会社から提案があった日を思い出していました。あの時、もの静かな井田さんが珍しく怒って大声を出しました。

「そげんことしたらボイラーが泣くぞ。ひっくり返すとコンクリで傷んつくやろが。ボイラーが悲鳴ばあげるやろが…」

作業日誌を書くと言う井田さんと別れて、私は工場を出ました。間もなく夜の十一時になろうとしていました。ひんやりした空気。空は一面の星で、その星をこぼしたように、山の頂から街にかけて灯がキラめいています。朝からびっちり動き回っていたのに、疲労感がありません。それどころか、じわりと充実感が込みあげてきました。

翌朝、また遅刻ギリギリで現場に入りました。すると別の作業班の人が、「おまえの親方、ボイラーのそばでクソんごと寝とったぞ」と笑いながら教えてくれました。

それを聞いて、井田さんはボイラーに別れを惜しんで添い寝をしていたに違いない、と思いました。

ボイラーのそばで背中をまるめて幸せそうに寝ている井田さんの姿を想像して、私も幸せな気持ちになりました

安全という言葉

造船所の現場には「安全」用語が氾濫していました。

「安全第一」「安全操作」「安全確認」「安全週間」「安全標語」、などの看板、掲示。「安全パトロール」の腕章。「安全帽（ヘルメット）」「安全靴（作業中の落下物から、足先を保護するために、爪先に金属などを入れて補強した靴）」「安全手袋（手を保護する）」などの装着物——。

朝の体操のあとは、リーダーのダミ声、「今日も一日、安全第一でがんばろう！」に、全員が唱和して拳を突き上げ、そして、作業現場に散ります。

私たちは毎日、「安全」に囲まれて仕事をしていました。しかし、決して安全ではありませ

んでした。

当時は大型タンカーの建造ブームで、私の働く造船所でも三十万トン級のタンカーが造られていました。三十万トンの船は、長さ三百メートル、サッカー場が三つもとれる大きさです。そこに多数の労働者を投入、突貫工事をやるのです。

建造ブロックの中でたくさんの人が同時に溶接作業をします。その煙がすごい。ブロック内での人の移動は、霧の中から忍者が現れるようで、危険極まりないのです。

たまりかねた先輩が、作業長に排気ファンを取り付けてほしいと頼みました。すぐに一台取り付けられました。しかし、状態はほとんど変わりません。ブロック内に人数が多すぎるのです。

先輩は人数を減らしてほしいと頼みました。作業長は、それは自分の権限外のことだから上に伝えておくと言いました。しかし上から出された命令は、工期が決まっているから人数は減らせない、ということでした。

そして先輩は突然、配置転換を言い渡されました。「安全」を訴えた先輩が、「安全第一」をスローガンにする会社にはじき飛ばされたのです。

その年、わが造船所の進水数は過去最大の十六隻でした。しかし、災害発生数も千二百件（うち死亡九人）と過去最悪でした。あの、毎朝唱和する「安全第一」とは、何だったのか、誰のための「安全」なのか。私は当時、会社に対してひどく懐疑的になっていました。ロッカー室に貼られていた「安全第一」のスローガン、誰かが「安全」を消して、「完成第一」に変えました。後日、その「完成」も消されて、別の字で「会社第一」になっていました。もの言えぬ状態の労働者のささやかな抵抗でした。

さて、「安全」という言葉ですが、ずいぶん前に、イザヤ・ペンダサンという作家が、「日本人は水と安全はタダと思っている」と、日本人の「安全」に対する鈍感さを指摘していました。

確かに私も「安全」ということがよくわかっていませんでした。「安全」は、誰かや、何かが保護してくれるものと思っていました。だから、安全標語のもと、安全帽、安全手袋、命綱、安全靴という、万全の「安全」スタイルで仕事をすれば安全のはずでした。ところが、その万全の「安全」スタイルのまま、何人もの人が亡くなりました。落下した鉄板の下敷き、高所作業中の転落、ガス爆発、感電――。

「安全」は、「安全」という言葉やスローガンで保証されるものではありません。「安全」という言葉に安心してはいけないのです。安全ピンや安全カミソリだって「安全」が付いていても、人を刺したり、傷つけたりするのです。

国際的な工業規格の統一を目的としているＩＳＯ（国際標準化機構）の機械安全の基本規格

から、近年「安全」という単語は消えました。その理由は、「〝安全〟という用語は、リスクがないことを保証していると誤解されやすいため」だそうです。そして、安全帽（ヘルメット）は、保護帽（ヘルメット）へと、目的を示す表現に変更するのが望ましい、と言います。「安全」はどんな状況下にあっても、百パーセント安全でなければなりません。条件付きや部分的安全は、「安全」とは言わないのです。

私は漢字が読めないための災害や事故もたくさん聞きました。貧しい家計を助けるために幼いころから学校にも行けず、働き続けた人たちです。

「禁煙」「火気厳禁」と書いてある掲示板の前でタバコに火をつけていたら、守衛がすっ飛んできて、「俺をナメルのか」と殴りつけられた人。「作動中、危険」の文字が読めずに、落とした部品を拾おうとして機械に巻き込まれて、左親指を切断した人――。「安全」のための掲示が機能していないのです。

漢字の読めない日本人がいる、ということは、担当者にとって想定外のことだったかもしれません。でも、危険表示が絵付きであったなら、あるいは漢字にふりがなが付けてあったなら、と私は今でも残念に思うのです。

現在、日本の労働人口、特に生産部門に携わる人数は、減少傾向です。出生率の低下や若年者数の減少、３Ｋ（キケン、キタナイ、キツイ）嫌いなどの要因によるものです。この労働力不足を補充するために、東南アジアや中南米から外国人が多数、来日しています。当然、日本語は不自由だし、日本文字もよく読めません。

絵付きの危険・有害表示マークやポスターが必要です。安全装置の操作、保護具の使い方なども、イラストやジェスチャーなどでわかりやすく説明しなければなりません。

大切なのは、日本語が不自由でも、日本文字が読めなくても、その人たちを仲間としてあたたかく迎えいれることでしょう。

ともに災害防止への努力や工夫することで信頼も育てていけます。それが「傷だらけのブルース」を増やさない地道な方法だと思うのです。

定時制高校

造船所で現場配属になると同時に定時制高校に入学しました。十八歳でした。長崎市立高等学校、市民には市高（いちこう）の名前で親しまれていた定時制だけの独立校です。「若葉会館」から歩いて四、五分のところにありました。古びた木造校舎の玄関を入ると、大学合格者の名前がズラリ掲示してありました。進学に力を入れていた学校だったのです。

でも私は、高校生活を少し体験してみたい、できれば高卒の資格がほしいぐらいの考えで入学しましたので、大学進学は現実味がありませんでした。それどころか残業をやったり、友人と学校を抜け出して「若葉会館」で遊んだり、『みどり会』の夜の会合に顔を出したりしていました。授業の欠課が多くなり、せっかく入った学校なのに二年生へは説教付きでギリギリの進級となりました。

お情け進級で二年生になった年、新校舎が落成しました。校舎は鉄筋コンクリート四階建てです。淡いピンクの壁に大きな白のストライプが入った、オシャレな校舎でした。体育館が併設されていました。古い校舎から新築ピカピカ校舎への引っ越しです。気分が明るく前向きになりました。五月には新校舎落成・創立四十周年記念式典が行なわれました。

市高は大正十五年に開校している歴史ある学校です。旧制度下では長崎市立夜間中学校と呼ばれ貧困家庭の精鋭たちが勉学に励んでいました。創立四十周年の記念式典には夜間中学校時代の卒業生たちが多数参列されていました。その先輩たちが、私たち後輩に渡してくれた言葉が「不撓不屈《ふとうふくつ》」でした。いかなる困難に直面してもくじけない、ということです。

新築の校舎に入り、厳粛な式典に出席し、先輩たちの話を聞いているうちに、私は気持ちが引き締まりました。中途半端な今までの態度を改めようと真剣に思いました。学校を生活の中心にしよう。そのためには、まず残業をしないこと、『みどり会』からは完全に引退すること、と決めて実行しました。

以後、私は授業を積極的に受け、文学サークルに入り、演劇部にも顔を出し、『つぎはぎ』という学内のミニコミを仲間と発行したりしました。のびのびと学校生活を楽しむようになったのです。

先生たちは気取らない個性的な人が多く、生徒に対してはザックバランで、それでいて深い教養を感じさせました。私が一番親しみを持ち、お世話になったのは国語の伊野英夫先生でした。先生は九歳のとき、爆心地から一・八キロの屋内で被爆しています。数メートル離れていた身内の人は黒焦げで亡くなったそうです。

三菱電機の技術学校を卒業後、十八歳で市高に入学。書物に目覚め、先生や友人たちと文学論や人生論を熱く語りあったそうです。やがて大学進学を決意し三菱電機を退職、背水の陣で受験勉強を始めました。苦手な漢文は、漢文教師の宮崎一義先生に一方的に弟子入りを決めて、自宅に押しかけたそうです。まだ寝ている宮崎先生を起こして、朝十時から昼過ぎまで、二か月間、教えてもらったと言います。一方的に押しかける伊野先生の直情径行ぶりにあ然としますが、それに応える宮崎先生の寛容さにもっと驚かされます。

以来、伊野先生は宮崎先生を「心の恩師」と慕っているそうです。長崎大学教育学部国語科に進学し、母校・市高に先生となって赴任してきました。

先生の経歴や年齢が私と近かったせいもあって、先生というよりは気のいい先輩みたいな親近感がありました。大浦にある先生の家に遊びに行ったら、玄関を入るなり、本、本、本——。廊下も居間も本棚だらけ。古書店に入ったみたいでした。たいへんな読書家です。本が読めるから国語の教師になったと、よく言っていました。

先生の長所は？　と聞かれて、「酒をちびり、ちびり飲みながら、人をほめたたえること」と答えていました。なんとも大らかで愉快な先生でした。

伊野先生の影響もあって学校図書館はよく利用しました。授業だけでは物足りなく、より高き、より深きを求めて本を借りました。夜学教師だった国木田独歩の小説、「非凡なる凡人」は特に印象深い作品です。貧しさにめげず夜学校で学び、真摯に仕事に励む青年を描いていました。夜の学びを立身出世の道具としない。清貧を生き抜く拠り所にする、そんな凡人のすばらしさが活写されていました。この夜学讃歌、凡人讃歌に、私は大いに励まされました。

通勤の船の中、作業現場での昼休み、さらには睡眠時間を削って熱にうなされるように読んだ本の数々。今ではなつかしい思い出です。

一方、造船所の現場は生産第一で、分刻みの工程表に追いまくられていました。安全対策は二の次、三の次で、死亡災害が続出。私が定時制高校三年の年には、災害発生件数は過去最悪の千二百件、九人が亡くなっています。

能率・効率最優先の会社方針に、職人気質の井田さんたちは居場所をなくして辞めていきました。組合は分裂し、職場の人間関係は冷えきり、笑い声が消えました。

そして、私には船台での高所作業への配置転換が通告されました。本人の希望を聞くという従来のやり方を無視した一方的なものです。しかも、適応訓練や安全指導は全くなく、配置転換の初日からいきなり高所での現場作業です。

私は新しい現場で、あの井田さんが教えてくれた、仕事に対する誇りやみずみずしい情感を全く感じなくなりました。それでいっそう、本の世界にのめり込み、進学を強く意識するようになりました。学ぶことで新しい道を拓きたいと切実に思うようになったのです。

そして卒業です。働きながら学び続けた四年間、やっと卒業証書を受け取りました。感慨無量です。卒業式のあとは伝統あるたいまつ行列が待っていました。

まず卒業生代表が校門のかがり火からたいまつに火をつけ、在校生のたいまつに火を移します。これは伝統を引き継ぐという儀式です。校門そばの道路の両わきには、たいまつを持った在校生や先生や保護者などがズラリ並んでいます。たいまつの火の引継ぎが終わると、花束を抱えた卒業生がたいまつの列の中を一人ずつ歩いていきます。たいまつの炎が一人ひとりの顔を照らします。

飛び交うお祝いの言葉、近所の人まで列に加わってねぎらいの言葉をかけてくれます。底冷えのする三月の夜、ここだけはやさしい温もりに包まれていました。

このたいまつ行列の感激、私は夜間中学の教師になっても忘れがたく、夜間中学の卒業式でも、たいまつをろうそくに替えて行いました。

夜学のモニュメント

市高は私たちが卒業して十五年後に、定時制の長崎第二商業高等学校と統合して、長崎市立長崎高等学校になりました。と言っても、校舎も所在地も、定時制の独立校であることも、卒業のたいまつ行列も、みんな今までと同じなので、名前が変わった程度で市高がそのまま続いているように思っていました。

ところが生徒は、私たちのころの勤労学生オンリーから、「いじめ」などで不登校になっていた生徒たちが増えていたのです。不登校経験のある生徒、心を閉ざした生徒たち、精神的に不安定な生徒、それに家庭崩壊や経済的貧窮などに悩む生徒――。

これらの多様な生徒に対して、先生たちは、「いそがず、あせらず、ゆっくり、寄り添って待つ」という姿勢を貫きました。

学校の目標は、「生徒が居場所を見つけ共に育ちあう学校」です。校長室の扉は常に開け放されて、生徒や父母を歓迎していました。

転入生が一人でもいれば、全校生徒が体育館に集まって歓迎式です。四年生が赤いカーネーションを、三年生が歓迎のメッセージカードを贈ります。

調理員さんは、仕事の都合などで給食時間（午後五時～五時二十五分）に食べられない生徒のために、何と二回目の給食時間（午後六時十五分～六時三十五分）を設けてくれていました。

長崎新聞は長崎高校の特色を、同校の元教諭の言葉で紹介していました。

「長崎高校は、校則を含め何事にも緩やかな雰囲気があり、生徒はそれぞれの目標を持ち自由に勉強できる。教師も気持ちにゆとりがあり、生徒と人間的な結びつきをもちやすい」

親たちも気楽に学校に集い、子育てや不登校問題などの経験を交流したり、文化祭に参加したりしていました。和太鼓部の演奏発表を兼ねて開かれた「定時制高校を知るつどい」でも、親たちが劇やパネル・ディスカッションに出演、生徒とともに定時制高校をアピールしていました。

長崎高校を一年間取材した「夜間高校、居場所を見つけた子供たち」がフジテレビで全国放映され、大きな反響を呼びました。これらの取組みや配慮や報道が効を奏して、一九九四年には百六十七人まで減少した生徒数が着実に増え続け、五年後の一九九九年には、二百五十八人と、まさにV字回復を果たしていました。

ところがこの長崎高校が、突然、閉校されることになりました。名目は市の北東部に新設する県立の単位制高校（昼間部、夜間部、通信教育部）に統合する、というものでした。

単位制高校は、生徒自ら学習計画をたて卒業に必要な単位を取得するという新しいタイプの高校です。そこでは単位取得のための学習効率が優先されます。傷つき心閉ざした生徒たちにはハードルの高い学校です。必要なのは、長崎高校のように寄り添い支え合う居場所的な学校です。

でも実際は単位制高校うんぬんより前に、県は出島バイパス建設ルートにある長崎市医師会館の移転代替地として、長崎高校の敷地をほしがっていたのです。市の中心部にある長崎高校の敷地、定時制高校に使わせておくのはもったいないと考えたのでしょう。生徒や親に説明がないまま、閉校計画は着々と進行していました。

親密で丁寧な学校づくりを、教職員も生徒も親も一緒になってやっていた長崎高校の閉校。関係する人たちは到底納得できません。親たちは学校関係者と一緒に「長崎高校を守り育てる会」を結成して、反対の意思表示をし、市民に実情を訴えました。一万人を大きく超える反対署名も集めました。

しかし県も市も方針を変えず、二〇〇〇年三月末日・長崎市立長崎高校は閉校となりました。あとは予定通り、長崎市医師会館になっています。大正時代から七十年以上も受け継がれ、八千三百人の卒業生を世に送り出した長崎市立の夜間学校。貧窮の時代にも生きづらい世にも「希望の夜学」であり続けた学校の、その灯が消えました。

私は、閉校・単位制統合が決定的になった一九九九年三月、長崎原爆資料館で開かれ「定時制高校を知るつどい」に招かれ、講演をしました。その時見せてもらった長崎高校太鼓部の演技に感動しました。

一人ひとりが仲間と呼吸を合わせ、力強く太鼓を叩いている、その表情がさわやかにキラめいているのです。不登校など多くの困難と向き合い長崎高校で成長してきた、青春全開の輝きでした。

その出会いが縁で、長崎高校の十一月の文化祭で記念講演をすることになりました。長崎高校最後の文化祭です。私にとっては、卒業以来三十二年ぶりの母校訪問です。

当日は予定より早めに行きました。まずなつかしい校舎の全景を道路から眺めました。淡いピンクの壁に太い白のストライブは昔のままで、「やあ」と微笑んでいる気がしました。

正門から入ると、すぐそばに記念碑がありました。「西原留太郎先生の碑」だそうです。碑文には、新校舎が落成した年、つまり私が二年生だった年に、同窓会が建立したと記してありました。でも私はその記念碑があったことを覚えていません。西原留太郎先生についても全く知りませんでした。

碑文によれば、先生は昭和四年四月、母校ただ一人の専任教諭として着任されました。以来十一年にわたり幸薄き勤労学徒のともしびとなり、親身も及ばない愛情を注がれたそうです。「長崎市立夜間中学の歴史的発展に全霊をささげられた風格ある一教師の徳望を永遠に追慕せんとす」で、碑文は結ばれています。

華々しい功績とは無縁の一教師が、これほどまでに熱い思慕の念を卒業生に抱かせている、そのことに感銘しました。在学中の私には、存在したけど見えなかった碑文です。閉校が決まった今、にわかに光を放ってきたように思いました。

図書館に入り、古びた背表紙の本たちを見ていると、下校時刻ギリギリまで議論していた級友たちの顔が浮かんできます。

給食調理室の前では、給食時間に遅刻し空腹の私に、残りご飯でおむすびを作ってくれた調理員さんを思い出しました。

階段や廊下にも、思い出がこぼれています。文化祭展示をしている教室も昔のままに親しげでした。あのころの級友や先生たちがひょいと現れそうな気がしました。

それから体育館へ行きました。

講演が終わっての帰り道、もう一度と振り返って見た校舎は、各階に明かりがともり、窓にたくさんの人影が映っていました。闇の中に浮かび上がる校舎、その呼吸をしているような全体が、大きなモニュメントに思えました。

第四章

人生のあかり

親への想い

家ば建てる

定時制高校の同じクラスに、私より二歳年上の入枝一男さんがいました。三菱電機の工員ですが、とてもざっくばらんで個性的な人でした。話はいつも前略で、単刀直入。語り口はぶっきらぼうですが、それにはどこか照れ隠しを感じられました。

納得できないことは、とことん追求します。授業での疑問や不明はすぐ先生に質問し、納得できないと職員室までついていきました。入枝さんの考えははっきりしています。

「学校は学ぶところ。生徒はわからないから学校に来ている。わかるまで教えるのが先生の仕事だ」

「先生たちは避けることなくちゃんと応じてくれた。ここの先生は偉い」

と、入枝さんはよく言っていました。群れない、媚びない、流されない、どちらか言えば、孤高の生徒でした。

欠席が続く同級生を本気で心配し、学校帰りにその生徒を居酒屋に誘い、そんなに強くない酒を一緒に飲みながら登校をすすめていました。

入枝さんは四人兄弟の長男として、枇杷《びわ》と漁港で有名な茂木で生まれました。父親が酒乱で働かず、母親が日銭稼ぎで生活を支えていました。六畳ひと間に家族六人が暮らし、中学校を卒業した入枝さんは母親を助けるために三菱電機に就職しました。

向学心押さえがたく二十二歳で夜間高校に入学。入枝さんには一つの夢がありました。それは、苦労苦労の母親に、もう少し広い家を建ててあげることです。

母親が祖父からもらった山林があります。保安林になっている傾斜地の雑木林です。そこを切り開いて母親に家を建ててあげたいと思っていたのです。そのためにはまずお金が必要。夜間高校の授業が終わると、スタンドバーで深夜まで働きお金を貯めました。

卒業式の前日、クラス全員で寄せ書きをしました。先生や仲間や家族や職場への感謝、これからの夢や希望などが書き連ねられました。入枝さんは、「この世のつらがまえが気にくわぬ」と大きく書きました。

卒業式が終わると、式場から校門、そして道路へと、二列に並んだ先生方や在校生や保護者が掲げるたいまつの明かりのなかを、私たち卒業生は一人ずつ歩いていきました。花束と卒業証書を胸に抱いて、お祝いや激励の言葉をかけてもらいながらの新たな旅立ちです。

卒業して十年後、私は東京の夜間中学の教師になっていました。夏に帰省した折、長崎の繁華街で偶然、入枝さんと会い、なつかしくて喫茶店で話をしました。入枝さんは夜間高校を卒業すると、貯めたお金で雑木林を切り開くための車や工具類を買ったそうです。その雑木林は保安林に指定されていたので、その解除のための複雑な手続きを独力でやりました。

それから毎日、工場の勤めが終わると真っすぐに雑木林に向かい、平地を造るために木を切り倒していきました。たった一人の作業は五年間続き、家が建てられるくらいの平地ができあがったので、母親に見てもらいました。

さらに三年、やっと家らしくなってきた時、母親が亡くなります。永年の過労がたたっての突然死でした。「母親に家を建ててあげたい」、その思いで続けてきた作業は目標を失い断念してしまいました。

「卒業したあと大学の通信教育を受けたりしたが、どうも性に合わない。今、生け花の勉強をしている」

「生花は花ば生けるとじゃなくて、心ば生けるもん」

「花ば生けることで人間ば磨き、人間ば作ることで、花も立派になる」

という考え方が気に入ったそうです。そして話のなかに「相阿弥《そうあみ》」とか「仙伝抄《せんでんしょう》」とか、私には全く見当のつかない名前が飛び出し、その博学ぶりに驚かされました。

最愛の母親を亡くし、これからどう生きていくか迷いのただ中にあったと思われますが、語り口は夜間高校時代と変わらず熱いものがありました。

夢に向かって

それから二十数年が過ぎました。縁あって私が長崎大学で講演した日の夜、定時制高校同窓生・浜洲修君の呼びかけで私を囲む懇親会が開かれました。お世話になった先生方四人と同窓生十数人が顔を見せてくれました。入枝さんも来ており、ゆっくり話をすることができました。

入枝さんは十七年間勤めた三菱電機を辞め、大浦天主堂の坂の下に花屋を開業していました。花屋の経営は順調で、結婚して二人の娘さんがいるそうです。

一人で切り開いたあの土地については考えに考え、たどりついたのが子どもたちの遊び場だそうです。子どもが気がねなく遊べ、自然をいっぱい体験でき、子どもが子どもになれるところ、そんな自然体験の広場にしよう、と決心したのです。

目標を見つけて、入枝さんの一人きりの作業が再開されました。木を切り倒して広場造り。切り倒した木を組み立て丸太小屋。電気を引く。水を汲み出すためのボーリング――。

金がないから、すべて自力の作業です。時間がかかります。でも入枝さんは広場造りに没頭しました。花屋は妻の恵美子さんに任せ、店の売り上げや娘さんの教育費までも注ぎ込みました。

そして一九八六（昭和六十一）年、「ちびっ子創作村」を開村しました。雑木林を開墾し始めてから二十数年の歳月がたっていました。

入枝さんは、村長として運営に専念するようになりました。「子どもの遊び場にお金はとれん」と、利用はすべて無料を貫いています。ルールは「自己責任と後片付け」だそうです。「ちびっ子創作村」は、工作室や調理室、五右衛門風呂、蔵書二万冊の丸太小屋図書館、などを備えています。自炊の設備があって、火を起こすことから始めるバーベキュー。竹を切り出して、そうめん流し。収穫したユズでユズこしょうを作るなど、料理を作って楽しめるようになっています。

木のおもちゃなどを作るための施設、田んぼの学校、竹の子掘りの竹林、ロープ遊びや虫取りをする森、野菜やハーブの畑、生きもの発見の小川、天体や野鳥を観察する青空教室などが、一千平方メートルの土地に広がっています。

広場では音楽関係のグループがミニコンサートなどを開催します。傾斜を利用したウッドデッキからは、長崎港の入口に架けられた女神大橋を含む絶景が望めます。

場所はＪＲ長崎駅から長崎バス唐八景行きに乗車、約三十分の終点で下車、徒歩十分のところです。

開村当時の利用者は年間百五十人ほどでしたが、口コミで評判が広がり、今では二千人を超える利用者がいるそうです。

入枝さんは「創る、学ぶ、語る」の三つの場があって、初めて「創作村」だと考えていました。

「創る場」「学ぶ場」はほぼ完成したので、仕上げの「語る場」に取りかかろうとしていた矢先、二〇〇六年に肺がんのため亡くなりました。享年六十三才。「ちびっ子創作村」は開村二十年目を迎えていました。

死の直前まで、やり残したことへの執念を燃やし続けていたそうです。歯ぎしりして悔しがる入枝さんの顔が目に浮かびます。

入枝さんの死去で「ちびっ子創作村」は休村状態になります。

でも翌年春に、妻の恵美子さんがボランティアの人たちと協力して再開します。そして夫の遺志であった「語る場」を完成させました。入枝さんは図面を残していました。いろりや机を囲んで語り合える約六十五平方メートルの建物です。

完成した「語る場」に恵美子さんは、「とんぼの舎《いえ》」と名付けました。入枝さんの棺が村に戻って来た日、名残を惜しむようにたくさんのトンボが飛んでいたからです。
「村を飛ぶトンボのように、夫の心はここにあると思う。でも、ほんとうは元気なあなたと、ここで語り合いたかった」
そんな恵美子さんの言葉を、西日本新聞は特集記事（二〇一一年十月二十四日朝刊「青空・あなたの物語」）で伝えていました。

公衆電話

見上げると、吸いこまれそうな秋晴れの空に柿の実が光っています。こんな時には、決まって浮かんでくる詩があります。

見よ、今日も、かの蒼空に
飛行機の高く飛べるを。

給仕づとめの少年が
たまに非番の日曜日、

肺病やみの母親とたった二人の家にいて、
ひとりせっせとリイダアの独学をする眼の疲れ…
見よ、今日も、かの蒼空に
飛行機の高く飛べるを。

石川啄木の「飛行機」です。厳しい現実のなかでも顔を上げて大空を眺め、自らを励ましている、その姿が好きです。

私の母も肺病になりました。女手ひとつで、子ども三人を育てるための日雇い仕事、無理がたたって血を吐いてしまいました。

少年のころの私の願いはただ一つ、早く働いて母を楽にさせることでした。造船所で働きながら夜間高校を卒業すると、向学心やみがたく長崎を離れました。

夜間大学の学費を稼ぐため、東京の新聞販売店に住み込みで働きました。四畳半に二段ベッドが二つ。カーテン一枚の仕切りで四人が寝ます。午前三時に起きて、慣れない町を走り回って配達。配達しながら、心細さや孤独感と同時に、体調のよくない母や弟妹のことがしきりに思われます。

そんなある日、母から小包みが届きました。下着などの間に、中華菓子や煮干しやいわしの缶詰が入っていました。

「私たちのことは心配せんでよかから、目的に向こうてがんばってください」と手紙に書いてあり、〝どん山〟で見つけたという四葉のクローバーがはさんでありました。

それを見て涙があふれてきました。声をたてると同室の先輩たちに殴られる（みんな悲しさつらさを我慢している）ので、タオルを口にくわえて、泣き声が漏れないように泣きました。この泣き方は、中卒の集団就職で東京に出たキムラから教えてもらったものです。

翌日、十円玉をたくさん用意して公衆電話ボックスに入りました。「公衆電話」は、住み込みで働いていた私が、都会の喧騒と雑踏と監視のなかで、唯一、一人になれる場所でした。

母は作業服の補修作業をしていました。事務室に母への電話の取り次ぎを頼み、やがて母の声が聞こえてきました。

「もしもし…」、この声で、ただその声だけで、涙があふれ出して話どころではなくなります。

「もしもし…、どげんしたと、だいじょうぶね…」、母のおろおろした声が聞こえます。

小包みへのお礼と「元気でがんばっとる」を伝えるつもりの電話でしたが、母によけいな心配をかけることになってしまいました。

その後も、励ましてもらいたいとすがるようにかけた故郷への電話がありました。落ちていくコインの音の心細さは、今でも夢に見ます。

帰らんちゃよか

遠く離れた故郷の親からの手紙ぐらい心にしみるものはありません。それが方言で書かれているると想いもひとしおです。

次は、熊本の年老いた親から、遠い都会で働く息子へ宛てた手紙。これにも、私は泣かされてしまいました。

そらぁときどきゃ　俺たちも　淋しか夜ば過ごすこつも　あるばってん
二人きりの暮らしも長ごうなって　これがあたりまえのごつ思うよ
どこかの誰かれが　結婚したとか　かわいか孫のできたて聞くとも　もうなれた
ぜいたくば言うたら　きりんなか　元気でおるだけ幸せと思わんなら
それでどうかい　うまくいきよっとかい　自分のやりたかこつば　少しはしよっとかい
心配せんでよか　心配せんでよか　けっこう二人で　けんかばしながら暮らしとるけん
帰らんちゃよか　帰らんちゃよか　母さんもおまえのこつは　わかっとるけん

そらぁときどきゃ　帰ってきたり　ちょこちょこ電話ばかけてくるっとは　うれしかよ
それにしたって　近頃やさしゅなったね　なんか弱気になっとっとじゃ　なかつかい
田舎があるけん　だめなら戻るけん　逃げ道にしとるだけなら　悲しかよ
親のためとか　年のせいとか　そぎゃんこつば　言訳にすんなよ
それでどうかい　都会は楽しかかい　今頃後悔しとっとじゃなかっかい
心配せんでよか　心配せんでよか　父ちゃんたちゃ　二人でなんとか暮らしてゆけるけん
帰らんちゃよか　帰らんちゃよか
今度みかんばいっぱい　送るけん
心配せんでよか　心配せんでよか
親のために　おまえの生き方かえんでよか　どうせおれたちゃ　先に逝くとやけん
おまえの思うたとおりに　生きたらよか

熊本県荒尾市出身のシンガー・ソングライター関島秀樹の「生きたらよか」という題名の歌です。一九九五年、阪神淡路大震災の年に作られました。

のちにばってん荒川が「帰らんちゃよか」というタイトルでカバーし、その後、島津亜矢が歌っています。

高度経済成長の波に乗り、地方の若者は集団就職などで親元を離れて都会に出ていきました。家族の柱であった父親までが都会に出稼ぎに出ます。家族全員が故郷を捨てて都会に移り住むことも多くなりました。

地方の人口は減り続け、限界集落が出現し、先祖伝来の墓は荒廃するばかり。住民の高齢化のスピードは都会よりも早いのです。故郷は帰るべきところでなくなり、都会もまた憧れや理想の地ではなくなりました。

「帰らんちゃよか、お前の思った通りに生きたらよか」と言わざるをえない年老いた親の切ない心情が胸を衝きます。遠く離れた親子の愛情を歌いながら、迫りくる超高齢化社会や介護の問題まで彷彿とさせます。

作詞・作曲の関島秀樹は、正調「五木の子守唄」を歌い継ぐなど、日本の言葉や歌、心を大切にしているそうです。

歌の励まし

美しき天然

土曜日の午後、ＪＲ船橋駅の改札口を出たら、右手から軽快な音楽が聞こえてきました。若者の路上ライブとは異なる、にぎやかでハズむような音楽です。

音につられて行ってみると、派手な着物姿のチンドン屋さんでした。なんかうれしくなりました。子どものころ、チンドン屋さんのあとについて歩いたことを思い出しました。新装開店パチンコ店の宣伝をやっていたのです。チンドン太鼓を叩く厚化粧の年配女性。ドラム（洋太鼓）を叩く若い女性。サックスで曲を奏でる年配男性。三人組でした。

演奏しながら、踊ったり、ぐるぐる回ったり、蛇行したり、見ていて飽きない実に楽しいパフォーマンスです。人だかりができました。演奏に区切りがつくと、チンドン太鼓の女性が前に出て、大きい声でパチンコ店の新装開店の口上を述べました。

そして再びにぎやかに演奏し始めました。曲は聞き覚えのあるものでした。昔なつかしい曲、サーカス小屋からよく流れていました。軽快だけどどこかもの悲しいこの曲の名前は、ええっと…、と思いめぐらせていたら、そばで見ていた車イスの高齢男性が歌を口ずさみ始めました。

「♪空にさえずる鳥の声　峰より落つる滝の音　大波小波とうとうと　響き絶えやせぬ海の音……」

古めかしい言い回しの歌詞です。でもその人は完璧に覚えているようで、チンドンの演奏に合わせてよどみなく歌っています。介助の若い女性が、「歌えるんだ！　スゴイ！」と叫んでいました。

私も歌詞は全く見当がつきませんでした。歌詞どころか曲名も思い出せなかったのです。車イスの男性に曲名を聞いたら、『美しき天然』と、うれしそうに教えてくれました。美しき天然、美しき天然…、忘れないように何度も繰り返し、あとでメモ書きしました。

それからしばらくして、テレビ番組で『美しき天然』を取り上げていました。「長崎の歌が聞こえる」という番組でした。番組の最後に、戦前のヨーロッパで大活躍したオペラ歌手・喜波貞子《きわていこ》のレコード『美しき天然』が流されました。

レコード会社の倉庫から発見されたSP盤の曲名は、右書きで『美はしき天然』となっていました。『美しき天然』を当時は、『うるわしき天然』と読んでいたのです。

喜波貞子は、大正時代、十七歳でオペラを学びにイタリアへ発ち、二十歳で『蝶々夫人』のプリマドンナとしてデビューしました。以来ヨーロッパ各地で二千回もの公演をし、熱狂的に支持された大スターです。

オランダ人薬学者の祖父と長崎生まれの祖母をもつクォーターです。でも、日本人としての誇りを持ち続けました。芸名は祖母の名前「きわ」から喜波とつけ、舞台でも日本の着物をきちんと身につけ気品あふれる蝶々夫人を演じていたそうです。

日本人より日本人らしかった喜波貞子は、日本へ一度も帰ることなく、そして日本人に知られることなくフランスのニースで亡くなりました。八十歳でした。

舞台で着た着物や愛用の和傘などの遺品は、彼女の心の故郷であり、『蝶々夫人』の舞台でもあった長崎市に寄贈されました。それらは現在、南山手のリンガー邸内に展示されています。

そんな喜波貞子の『美しき天然』が、テレビ番組の取材過程で発見されたレコード盤から聞こえてきました。日本に残っている唯一の音源です。

「♪空にさえずる鳥の声～」、張りのある歌声です。実に流麗な、しかも望郷の思いにじむ、すばらしい絶唱でした。

『美しき天然』は、長崎県の九十九島を歌ったもので、一九〇〇（明治三十三）年に佐世保でつくられました。

九十九島は佐世保から平戸の沿岸にある大小二百の小島群です。海になだれ落ちる深い入り江、青く澄みきった海水。入り江の奥深くには隠れキリシタンの集落がありました。変化に富んだ島々は、その集落を守るように点在しています。

この景観を讃えた歌が『美しき天然』です。

春は桜のあや衣　秋は紅葉の唐錦
夏は涼しき月の絹　冬は真白き雪の布
見よや人々美しき　この天然の織物を
手際見事に織り給う　神のたくみの尊しや
うす墨ひける四方の山　紅匂う横がすみ
海辺はるかにうち続く　青松白砂の美しさ
見よや人々類なき　この天然のうつし絵を
筆も及ばずかき給う　神の力の尊しや

『美しき天然』の詞は、七五調の流れるような文語体で、九十九島の景観や四季を織物や絵にたとえています。そして人知を超える天啓としての天然の美を讃えています。

作詞の武島羽衣は自然描写に優れた作品を多く発表しています。『花』（春のうららの隅田川～）も彼の作品です。この武島羽衣の流麗な詞に、当時佐世保軍楽隊の楽長だった田中穂積がワルツの曲をつけました。佐世保女学校の音楽教師の委嘱を受け、その教材用に作曲したのです。わが国初のワルツ曲です。

スローなワルツの甘くて哀調のあるメロディーは、たちまち女学生たちを魅了しました。それが人々の間で評判となり、活動写真の伴奏や見せ物小屋のジンタ（客寄せ宣伝のための吹楽）にも使われ大流行したのです。

またこの曲は、今でも中央アジアのウズベキスタンに住む朝鮮族の間で『故国山川』として歌い継がれています。植民地時代の朝鮮に伝わった日本のメロディーですが、民族流浪でその由来は忘れられ、現地の人たちは朝鮮民謡だと思い込んで歌っているそうです。

『美しき天然』のメロディーは様々な思いが刻み込まれて、日本列島だけでなく遠く中央アジアにまで広まっていきました。かつてアジアの各国で、日本の演歌『北国の春』が大流行し、世代を超えて歌われました。それぞれの国で自分たちの歌だと思って歌われていたのです。『北国の春』は、ふるさとの「天然」を歌います。

〝白樺・青空・南風〟〝雪どけ・せせらぎ〟〝山吹・朝霧〟……

そのふるさとには、年老いた両親や兄弟、友人たちがいます。好きだと言い出せなかったあの娘もいます。都会での暮らしのなかで、ふとわきおこる望郷の思い。その望郷の思いには、家族や親しかった人々となじんできた山河が重なっています。

アジアの国々では、戦争や政治の混乱などで、家族が別れ別れになっている場合が多いです。別れた家族が身内を思うと、それが同時にその故郷の山河を恋うる感情になり、『故国山川』や『北国の春』の歌につながってきたのでしょう。

『美しき天然』の曲がつくられて百年以上になります。その間、このメロディには様々な思いが刻みこまれて、日本列島だけでなく遠く中央アジアにまで広まっていきました。

しかし歌詞のほうは置き去りになってしまいました。『美しき天然』の、〝天然〟という言葉に込められた思いも消滅しつつあります。言葉だけでなく、実際の天然も危機的状態です。

『美しき天然』の舞台になった長崎県の西海では、オランダの町並みを模した大規模な観光施設が造られています。古来から変化に富む島、深い入り江、咲き匂う花、にぎやかな鳥の声、それに素朴な暮らしの情感も漂うところでした。そんな『美しき天然』の地に、どうしてヨーロッパの町並みを造らなければならないのか、私は今も理解できません。

世間は人工物に囲まれ、目先の変化や娯楽に眩惑されて落ち着きません。あわただしさの極みになっています。しかし人間としての魂や感受性は、しばし立ち止まった足の裏に触れる大地や、包み込む〝天然〟の感覚によって支えられています。

このことを、『美しき天然』の音楽とともに忘れたくないものだと思いました。

お金に換算できないもの、人工的でないもの、つまり『美しき天然』が人間の魂や感受性を豊かに育むと思うからです。

靴が鳴る

六十七歳のサトルさんが、教室の窓から満開の桜を見ながら鼻歌を歌っています。

「♪う〜たをうたえば　くつがなる〜　は〜れたみそらに　くつがなる〜」

生まれつき足が不自由なサトルさんは、学校に一度も行ったことがありません。この歌はラジオで覚えたそうです。

母親が早くに亡くなったため、田舎の祖母に育てられました。父親は飲んだくれの貧乏な靴職人でした。サトルさんは十五歳の時、親戚の靴職人に頼み込んで見習いになりました。座って作業ができるし、見よう見まねで覚えられそうなので、足が不自由でも、読み書きができなくても、やっていけると思ったのです。以来五十年間、靴職人として働いてきました。その道のりを励ましてくれたのが、童謡の「靴が鳴る」だそうです。
「この歌は、なんか気持ちがウキウキするよね。靴のキュッキュッと鳴る音まで聞こえるようで…。いわばオイラの仕事の〝道連れ〟の歌だね。お遍路さんの〝同行二人〟みたいにね」

サトルさんは一度だけ、父に背負われて映画を見に行ったことがあります。山高帽にステッキのチャップリンが活躍する映画、履いていた大きな靴が印象的だったそうです。

母が原因不明の病で倒れて、間もなく亡くなり、父はひどく落ち込みました。そのうえ、靴作りが機械化へ急速に移行して、手作りは疎んじられ始めます。職人気質の父はその流れがガマンできず、靴製造所をやめてしまいます。それから自暴自棄になり、朝から焼酎を飲み、怒鳴りちらし、パチンコに入りびたりとなりました。

靴職人へ歩き出したサトルさんですが、それと入れ替わるように父が亡くなりました。残されていたのは父のタチキリ（革切り包丁）一丁。それは、死ぬ間際まで磨ぎすまされており、唯一の形見となりました。

靴を作る工程は、まずナメした牛の皮を広げて型紙を当て裁断します。次に各部分をミシンで縫い合わせ、ヒモを通す穴をあけます。糸を作り、その糸で型に合わせて部分を縫い合わせ、型抜きをして終わります。

サトルさんは、糸作り、麻糸に松ヤニを塗る仕事をしていました。来る日も来る日も、麻糸に塗りムラができないように松ヤニを塗ります。仕事が投げやりになった時、どこからともなく怒鳴り声が聞こえてきました。

「バカやろう！　ハンパな仕事をするな！」

酔っぱらった父の声です。

単調な仕事の楽しみはラジオです。ある日、チャップリンの生い立ちを放送していました。

「雪降るクリスマスのこと。屋根裏部屋で、病気の母と五歳のチャップリンが一枚の毛布にくるまり、寒さに震えていました。

そこへ慈善団体の鈴の音が響きました。恵まれない人たちに温かいスープを配っているのです。母はチャップリンにスープをもらってくるように頼みました。しかし、チャップリンには履いていく靴がありません。

チャップリンには大きすぎる母の古い靴、それに足を突っ込み、雪のなかへ飛び出しました。そしてスープをもらうために、大きな靴でドタドタと鈴の音を追ったそうです。

チャップリンは、そのころの貧しい生活を忘れないために、そんな生活を必死で耐えている人たちがいることを訴えるために、古い大きな靴を履き続けました」

この放送を聞いて、サトルさんは涙があふれました。チャップリンの生い立ちや大きな靴の話に感動したこともありますが、幼い日、父と一緒にチャップリンの映画を見たことを思い出したからです。あの日父は、サトルさんを上映中もずっと背負っていてくれました。その背中のぬくもりと、身体を支えてくれる力強さが甦って、泣きました。酒を飲まなければ気の良い、やさしい父だったのです。

サトルさんは、六十五歳までの五十年間、靴職人として働きました。その間、父のタチキリ（革切り包丁）をお守りとしてそばに置き、迷ったり落ち込んだりすると、それを磨き心を落ち着けたそうです。

アメイジング・グレイス

教室には生徒が五人。ホームレスだった男性。いじめで不登校になっていた少女。フィリピンからのお嫁さん。年配のオモニが二人。

今日もオモニたちの口だけ元気に引っぱられて笑い声が絶えません。そこへ、ひょっこり私の造船所時代の友人が訪ねてきました。

小川一清。日焼けした精悍な顔に口ひげ、穏やかな眼差しが印象的です。

長崎の造船所に勤めていたころ、組合が分裂して、私は会社のいいなりになる組合はイヤだと、少数になった第一組合に残りました。彼も同じ組合でした。

私は二十二歳で夜間高校を卒業。同時に退職。上京して夜間大学に通い、教師になりました。彼は造船所を離れず、会社の不当な差別に屈せず、一貫して第一組合員でした。そして組合の仲間と男性合唱団を結成していました。

二十数年ぶりの再会です。「よかよか、ばってん」の方言丸出し、開けっぴろげな話し方は、昔のまま。教室のみんなは、そんな友人を大歓迎してくれました。

オモニたちは、話すことが最大のもてなしとばかりに、苦労話や失敗談を披露してくれました。

彼は別れ際、「お礼に…」と、歌い始めました。

「♪アメイジング・グレイス～」

いきなり英語の歌。オモニたちは目を丸くします。ホームレスだった男性は口をぽかんと開けています。張りのある穏やかな声が響きます。不登校だった少女は顔を上げてまっすぐ彼を見つめていました。フィリピンの女性が胸の前で小さく十字をきりました。響きわたる小川の歌。教室はとても厳粛な雰囲気になりました。歌い終わった彼の目にうっすら涙が浮かんでいました。

拍手、拍手、なんと隣りの教室からも拍手が聞こえてきました。授業を中断して小川の歌声に聞き入っていたようです。オモニたちは彼のごつい手を握り、何度も「ありがとう」を繰り返しました。フィリピン女性は「サラマット！」と、タガログ語で感謝を伝えました。

感極まったようにホームレスだった男性が言いました。

「〝心〟つうもんがあるよ、ね。せんせ！」

『アメイジング・グレイス』は、奴隷貿易をしていた男の懺悔とその魂の救済、そして再生の感動を歌ったものです。南アフリカの元大統領、ネルソン・マンデラがまだ獄中にあった一九八八年、彼の誕生日を祝う国際的なイベントでも黒人オペラ歌手によって歌われました。

作詞者のジョン・ニュートンは、奴隷商人から聖職者になり、そして晩年は奴隷貿易の廃止、反対運動を展開しました。

ある大学が神学博士の名誉称号を授与しようと申し出ました。ニュートンは、「アフリカの陰うつな岸辺が私の大学であり、私は悲惨な黒人以外からはいかなる免状も受けることはない」と、固辞したそうです。

小川は何かの折に話していました。

「母親がフィリピン人二世だけん、オイは四分の一、フィリピン人ばい」

言われてみると小川の風貌も発想も、どこかラテンアジアな感じがします。

フィリピンの北部山岳の険しい地帯にバギオという高地があります。標高千五百メートル、そこが小川の母親の生まれ故郷です。

明治時代、そこに山岳道路を作るため千二百人の日本人労働者がやって来ました。工事は困難を極め、劣悪な生活環境のもとで七百人が亡くなりました。工事終了後、多くの日本人労働者は帰国したり、ミンダナオ島の麻園開墾に向かったりしました。現地に残った人たちもいました。

大工、石工として高い技術を持っていた山下徳太郎さんは、さらに山奥のサガダの教会建設に携わりました。そこで現地イゴロット族の女性と結婚し、四男五女の父親になりました。イゴロット族は、自然の恵みに、「ナマオ　エッサ」（ご恩は一生忘れません）と感謝の言葉をささげるような、自然に対して敬虔と謙虚な心を持っている部族です。

長男メレシオ・ヤマシタさんは、教会病院の用務員をしていましたが、戦争が始まり、日系人だからと強制収容所に入れられました。

それから三十年後、立教大学の学生二十数人が、教会が企画した「夏休みの勤労奉仕と地元民との交流」のため、サガダの山中にやってきました。そこで強制収容所以来、日本人と会うのは三十年ぶりだという、日系二世のメレシオ・ヤマシタさんに出会いました。

ヤマシタさんは言います。

「長崎に妹の息子がいる。妹は小川という日本人と結婚し、終戦時に日本へ単身強制送還された。長崎・深堀にある夫の生家で男の子を出産した」

帰国した学生はすぐに長崎の深堀へ行き、ヤマシタさんの甥を探し出しました。長崎造船所に勤める小川一清。当時四十歳です。

翌年、小川は学生とサガダに行き、メレシオ・ヤマシタさんと劇的な対面を果たしたのでした。その後、ヤマシタさんと娘が教会関係者の支援により来日しました。二人は長崎市深堀町の小川の家に泊り、福岡県志摩町の先祖の墓参りをし、親類縁者と会食もしました。

帰国の際にヤマシタさんは言いました。

「父の国は美しかった。人々の心は温かだった」

フィリピンは、豊かな自然と多様な文化を持ち、そこに日本人も彩りを添えている、そんな奥行の深い国だと、小川に教えてもらいました。

その小川が桜散る日に六十八歳の生涯を終えました。合唱団仲間は『マイ・ウェイ』を歌って見送ったそうです。

自分を励ます歌

新しい年になりました。

朝、外に出ると、まぶしいくらいに真っ青な空です。でも、キーンと冷え込んでいるので、吐く息が真っ白です。息に色があることに、今さらながら驚きます。

手が冷たいので、息を吹きかけます。その瞬間だけ、手のひらがぽっと温かくなります。マッチ売りの少女が擦るマッチの炎のように、そのぬくもりははかないものです。でも、寒さに緊張している気持ちがちょっぴりゆるみます。この手のひらに息を吹きかけ、自分で自分を温めるしぐさ、いつ覚えたのだろうか。誰に教えてもらったのだろうか――。

白い息とともに歩いていると、なつかしい歌が思い出とともによみがえってきました。

「♪こごえた両手に　息をふきかけて　しばれたからだを　あたためて～」

松山千春が歌う『大空と大地の中で』です。このあまりにもまっすぐな人生応援歌に、私は胸を熱くした日がありました。

三十年くらい前のことです。当時、「登校拒否」や「心の病」を持つ若者は、学校や世間の無理解に包囲されていました。本人や家族の抱え込む地獄は凄惨を極めておりました。そんな若者が夜間中学にやってきました。

クラスには、読み書きができなくて、夜ごと文字の大群が襲ってくる夢にうなされていた人。極度の対人恐怖でいつもおびえた目をしていた人。背中全面の刺青を隠すのに苦労していた人。ドヤが住所でアルコール中毒気味の人。それに大声で話す在日のオモニたちなどがいました。

てんでんばらばら。雑然というよりは騒然とした感じのクラスです。それでも泣いたり笑ったり、怒ったり喜んだりしているうちに、ここは、自分が自分のままでいられる場所なんだと思えるようになってきました。

「……」だったあいさつが、「こんばんは！」になり、「ただいま！」になり、「おなかがすいた！」になりました。クラスが家族みたいになってきたのです。

ところが、そんな矢先にクラスの人気者だった男性が亡くなりました。ガンでした。まだ三十代。夜間中学にたどりつき、学校も勉強も仲間も、みんな楽しくてうれしくて、さあこれからが本番の人生だ、と言っていた矢先でした。

私は殺された、と思いました。世間の差別や偏見、矛盾や不合理に袋叩きになって殺されたと思ったのです。この現実に、彼の無念さを思い、私はボウゼンと立ちすくんでおりました。気持ちが凍りついて、身動きが取れなくなっていたのです。

そのころ、聞こえてきた歌です。

「♪こごえた両手に　息をふきかけて　しばれたからだを　あたためて～」

自分で自分を励ますことが必要な時があります。そんな時、力になってくれる歌と出会えることは幸せです。

さて、駅のホームでは電車待ちの人たちが、小さく息を吐いていました。その息が、まるで漫画の吹き出しセリフのように見えて、つい笑ってしまいました。

到着した電車は朝のラッシュで混んでいて、着膨れした誰もが、窮屈な車内で無言の深海魚になっています。

「……」

電車の振動音に混じって、誰かの音もれリズムがかすかに聞こえてきます。

「おっ！」

突然、男の小さな叫び声がしました。それは、つぶやきのような、ため息のような不思議な声でした。声の主は、日焼けした初老の男。作業服を着て手にヘルメットとナップザックを持っています。

車内の深海魚たちは、怪訝《けげん》そうに迷惑そうに、その男を見ました。男は窓の外を見ています。その目線の先に、ビルの連なりの向こうに、なんと、雪化粧の富士山がくっきり。

（おお！）

言葉にならない感嘆詞が、そよ風のように車内を駆けぬけました。

見上げてごらん夜の星を

とんでもないことが起きてしまいました。巨大地震と大津波による想像を絶する大惨事です。避難所で女子中学生が話していました。

「家は軒並み津波で流された。明かりもなく周りは真っ暗。それなのに、夜空には無数の星が出ていた。今まで見たこともないくらいまたたいていた」

被災の闇が星を引き立てていたのです。星は人を励ますために懸命に輝くのでしょう。

私は母が話してくれた満州引揚げを思いました。一九四五（昭和二〇）年に、私は大混乱の満州で生まれました。日本人は暴徒からの襲撃を避けるため、夜、集団で移動しました。

母は私を抱いて雑草茂る夜道を歩きました。虚脱と絶望の道行です。顔を上げると、満天の星が輝いていました。その星を見て、生きて帰れるかもしれないと思ったそうです。

家族は日本へ引揚げ、長崎で暮らしました。私が小学三年の時、母は父と離別し、子ども三人を抱え、街のドブ川沿いに密集しているバラックで生活を始めました。

母は朝早くから日雇いの仕事に出かけました。子どもたちは夜、橋のたもとの外灯の下で母の帰りを待ちます。そばを流れる真っ黒なドブ川にも、夜空の星がゆらゆらと映っていました。やがてバラックは強制立ち退きとなり、私たちは小さな山の中腹にある崩れかかった借家に住みました。

私は中学を卒業した後、造船所で働き、夜は定時制高校に通いました。定時制高校の帰りは、近道して墓地の中を歩きました。途中で振り返ると、眼下には街の明かり、そして山の上まで家々の灯がキラめいていました。空には一面の星です。思わず感嘆の声を漏らしました。灯や星の一つひとつに、人生があり思い出があります。一つひとつに、喜びや悲しみがあります、そう思うと胸に込みあげてくるものがありました。

そのころ流行っていた歌が、坂本九の『見上げてごらん夜の星を』（作詞・永六輔、作曲・いずみたく）です。この歌は一九六〇年に上演された同名のミュージカルのテーマ曲で、別のコーラスグループが歌っていました。三年後、映画化され、主役の坂本九が歌って大ヒットしました。

同じ教室の机を使う夜間生と昼間生。机の中で手紙のやりとりから交流が始まる。そして考える。勉強とは何か。どう生きるか――。

当時は集団就職で上京し、働きながら学ぶ若者が多く、作詞の永六輔はボランティアとして江東区の定時制高校に通っていました。『見上げてごらん夜の星を』は、映画も歌も、定時制高校への大きな励ましになりました。私もこの歌を定時制高校で胸熱くして歌ったものです。

私が夜間中学と出会ったのは、上京して町工場で働きながら夜間大学に通っていた二十七歳の時です。教育実習は夜間中学でした。様々な事情で義務教育を修了できなかった人たちが、自ら学びたいと夜学に来ていました。だから、「ひらがな」を勉強していても、自分なりの発見や感動があり、瞳が明るく輝いていました。

しかし、途中で病や労働災害に倒れる人がいました。その厳しい現実や命を削って通い続ける学びへの熱い思いに涙しました。

夜間中学でも『見上げてごらん夜の星を』をよく歌いました。下校放送として毎晩流していたので、夜間中学の校歌みたいでした。

また、私が呼びかけて開いている『路地裏』という小さな集いでも、最後はこの歌をみんなで歌っています。二十年間、そのスタイルは変わっていません。

「♪見上げてごらん　夜の星を　ぼくらのように　名もない星が　ささやかな幸せを祈ってる」

この歌を自ら希望して歌い、映画で定時制高校生を演じた九ちゃんは、一九八五年八月、日航ジャンボ機の墜落事故で亡くなりました。

九ちゃんは星になってしまったけれど、『見上げてごらん夜の星を』は、今も、ささやかな幸せを求めて生きる名もなき人たちを励ます歌となって広がっています。

第五章

夜間中学のあかり

教室が広場

目のつけどころ

夜間中学では、ひらがなから勉強される人たちがいます。

「字は書けないけど、恥はいっぱいかいてきた」という人たち。口は達者です。「あいうえお」から字の練習を始めます。ところが、この「あいうえお」がむずかしいのです。特にたいへんなのが、「あ」の字です。

横棒のあと、二画目は上からカーブを書く。この曲線をどの程度曲げればいいのか。長さはどれくらいか。悩みは深いのです。そして、地獄の三画目です。斜め曲線を二画目のカーブと交差させて着地させ、反動で大きく弧を描いて再び着地させます。アクロバットみたいな字です。初めて鉛筆を持ち、緊張している生徒さんには、いきなりの拷問みたいな字です。

生徒のみなさんは怒ったような顔つきで、ノートがべこべこになるくらい力を入れて「あいうえお」の練習をします。

ある日のこと、練習の途中でお母さん生徒が顔を上げて、うれしそうに言いました。

「〝あいうえお〟って〝あい〟から始まっているのね。なんでも〝あい〟が最初にくるのね。〝あい〟が一番なのよね」

「〝あい〟が一番」、その言葉にみんなうっとりしました。

「〝あい〟は世界を救う」とつぶやく人もいました。

路上生活の長かったツトムさんが言います。

「そう言えば、〝いろはにほへと〟も、〝いろ〟から始まっている。色気の〝いろ〟色恋の〝いろ〟が最初だもんね。これを考え出した人はえらいね。メのつけどころがちがうよ」

「ところでセンセ！、〝メのつけどころ〟の〝メ〟ってどんな字だったたっけ」

私は黒板に大きくひらがなで、「め」と書きました。すかさず、「ゲッ、むつかしい！」の声。

そこで漢字の「目」を書きました。そして〝め〟の絵を書き、これが変化して「目」という漢字になりました、と説明しました。するとみなさんが感心して、ひらがなよりわかりやすい、書きやすい、とにぎやかです。

「その漢字の横に点々つくと、ナミダになるんだよ」と、ヨウコさんが教えてくれました。私は黒板に大きく「泪」と書きました。

「山谷に泪橋ってのがあるよ。〝あしたのジョー〟にも出ているよ。知らない？」

ヨウコさん、得意です。「ナミダって…」と、オモニが口をはさみます。「目の両方から出るものだから、片側だけ点々をつけるのはヘンだよ。両方に点々をつけた方がいいよ」

そこでまた、にぎやかな意見が飛び交いました。ところが、ツトムさんが一人、浮かぬ顔をしています。聞くと憮然として言いました。

「〝め〟の絵は横なのに、漢字になると、どうしてタテになるんだ？」

言われてみると、そうです。目が立っているなんてヘンだ、不思議だ、目はヨコのままがいい、と、教室が騒然となりました。

「どうして目が立っちゃったの？」

私に聞かれても、そんなこと考えたこともありません。答えられません。救ってくれたのは、ヨウコさんです。

「目がヨコだと、横目ってカンジがわるいでしょ。だからヨコはだめなの」

じゃタテだとなんかいいことあるの？

うーん、と考えていたヨウコさんは、きっぱりひとこと。

「そりゃ、目立つからでしょ」

なるほど、目立つか、とみんなは納得。私も感嘆の声をあげました。するとヨウコさんが笑顔で言いました。

「でも、目の字が立っていることに気がつくなんて、さすがツトムさんだよね」

オモニも言います。

「苦労人は、目のつけどころがちがうのよ」

にわかにほめられたツトムさん、照れながら言いました。

「まあ、なんだね。〝め〟だけでこれだけ盛り上がるんだから、やっぱ、〝目は口ほどにものを言う〟ってホントだね」

あしわ元気

ある男がうなぎを料理しようと手でつかんだら、うなぎはぬるりと飛び出して、上へ逃げていきました。男は、つかまえようと上へ上へと手をやっているうちに、足が地から離れ、空高く上っていき、人々の視界から消えました。

それから一年。帰ってこない男のために仲間が一周忌の法要をおこないました。そこへ空から紙切れが落ちてきました。それには次のようなことが書いてありました。

「今もうなぎを追い駆けている。手がはなせないので、これはほかの人に書いてもらった」

この江戸小話を、夜間中学の授業でやった時、ヒーヒー笑ったのが韓国籍の金さんでした。手でうなぎをつかまえる仕草をして、笑いころげていました。十年も前の話です。

当時、私のクラスには金さんのほかに年配の日本人男性や登校拒否だった女の子、タイやフィリピン、台湾からのお嫁さんが学んでいました。

家族のこと、仕事のこと、失敗したことなど、みんなでいっぱい話をしていました。教室には、にぎやかな笑い声が絶えませんでした。

その笑いの中心にいたのが金さんです、当時七十五歳でしたが、好奇心旺盛で話好き。そして学校が大好きで、ほとんど休みません。

「習った字が、街のあっちこっちから顔を出して、私の方に寄ってくるよ」と、目を輝かせます。時には、日本で生活する朝鮮人として、苦労の多かった人生を、こぼれるように話してくれました。飯場、どぶろく、やみ米、露天商、ヘップサンダル――、苛酷な現実だったにもかかわらず、その語り口はカラッとしていました。まなざしもやわらかでした。

だから私には、生活の厳しさや、喜び、怒りが心にしみました。日雇いをしながら三人の子を育ててくれた私の母とダブらせて、いつも涙ぐむ思いで聞いていました。

先日、部屋を整理していたら、夜間中学の卒業文集の束が出てきました。何となく読み出したら、止まらなくなりました。金さんの作文もありました。なつかしい笑顔や思い出が文面に広がりました。給食で食べた金さんキムチの味、チマチョゴリで歌い踊ったアリラン。手作りチャンゴの音——、次から次に浮かんできます。

次のページを開けたら、小さな紙切れがヒラリと落ちてきました。見ると濃い鉛筆で短いことばが書いてありました。

「あしわ元気です。毎日、勉強しています」

名前は書いてありませんが、〝あしわ元気です〟で、すぐに金さんのだとわかりました。そしてこれを書いたときのエピソードを思い出しました。

金さんは、健康で口も達者だったのですが、時々、足が痛いと言っていました。でも、この〝あしわ元気です〟の〝あし〟は、〝足〟のことではありません。〝あたし〟と書いたつもりの〝た〟が抜け落ちたものです。

「ヒエー、〝あたし〟が、〝たぬき〟（た抜き）になっていたよ！」

金さんが、すっとんきょうな声をあげたので、みんな大爆笑でした。ふくよかな顔だちの金さんが、たぬきにぴったりだとは、もちろん誰も言いません。

この紙切れは金さんの漢字練習用です。私がおもしろ半分に金さんからもらい、文集にはさんでいたのでしょう。そのことをすっかり忘れていました。

金さんは、十年前に夜間中学を卒業し、その三年後に亡くなりました。でも、この紙切れが、今、私の目の前に現れたということは、これは、明らかに金さんからの近況報告です。

「あしわ元気です。毎日、勉強しています」

あの空の彼方で、今日も金さんは元気に勉強しているのでしょう。

いや、うなぎを追いかけている男と出会い、その仕草を指さしながら、笑いころげているかもしれません。

"はな"を添える

私が長年勤めていた東京・下町の夜間中学には、外国から日本へやってきた生徒が増えています。日本人のほかに、韓国、中国、ベトナム、フィリピン、タイから来た人たちです。

私が担任をしていた少人数(七、八名)の基礎クラスにも毎年、三、四名の外国籍の人がいました。それぞれは自分の国の言葉を大切にしていますが、教室の中では、もちろん日本語です。

たどたどしくても、とんちんかんでも、お互いに日本語でいっぱい話します。仕事のこと、わからなかった言葉のこと、失敗したこと、教室はにぎやかで笑い声が絶えません。

ラウニさんは、タイ北部の山岳民族出身です。幼い日、両親と死別し親戚の家で育てられました。家が貧しくて、学校に通えたのは小学校の低学年の時だけです。あとは、畑仕事や家事の手伝い、出稼ぎなどをやっていました。

日本人のお嫁さんとしてやってきたラウニさん、慣れない日本での生活で苦労しました。周囲に〝アジアの花嫁〟への見下すような言動や好奇の目がありました。日本語での失敗も多いです。夫にフライパンを買ってきてと言われて、パン屋へ行きました。フライパンはフライしたパン、揚げパンのことだと思ったそうです。

ラウニさんは夜間中学に通い始めました。敬語の勉強をしました。人に声をかける時、山田さん、中村さん、のように、名前に〝さん〟を付けましょう。〝さん〟は敬意を表すコトバです、と習いました。

小さな町工場で働いているラウニさんは、わからない言葉に出会うとすぐに学校で質問します。ある日、ラウニさんが不思議そうな顔で私に聞きました。

「山田さん」みたいに〝さん〟を付けるのは敬語とわかるけど、工場のおばさんたちは、「おはようさん！」「ありがとさん！」「ごくろうさん！」と言うよ。あの〝さん〟ってどうして付けるの？

う〜ん、これはむずかしい。私が返事につまっていると、ダイスケさんがニヤッと笑って横から答えてくれました。

「それはよ、〝おはよう〟とか〝ありがとう〟とか〝ごくろうさん〟ってコトバに、ちょいと〝はな〟を添えたってことよ。まあ、人間関係をなめらかにするコトバ。生活の知恵みたいなコトバだ。学校じゃ教えてくれないね」

ダイスケさんは、戦災孤児で浮浪児生活を経験しています。学校には全く通っていません。それでも生活力のある人です。〝はな〟の語源は、映えるの〝は〟、和むの〝な〟だそうです。なるほど、と思いました。〝はな〟を添えることで、その言葉が映え、その場が和むわけです。ダイスケさんの言うように、人間関係がなめらかになるわけです。生活の知恵です。

学校に通うのはラウニさんの夢でした。「学校が一番いい、私自身になれるから」と言って微笑みます。ラウニさんのコトバにはいつも、微笑みという〝はな〟が添えられています。

ラウニさんはいつもの笑顔で、私に向かって「ありがとう！」と言いました。

「でも、先生も一日も休みませんでしたね。私、先生に皆勤賞をあげたいです」

びっくりしました。こんなこと言われたのは教職三十数年で初めてです。

「いや、私の場合は仕事だから…」と、ドギマギしていると、ラウニさんがきっぱりと言いました。

「私も仕事しています。仕事、休まず続けるの大変です。先生、ありがとうございました」

みんなが盛大な拍手をしてくれました。私は目頭が熱くなりました。何かとつらいことの多かった年度の終わりでした。私も生徒のみなさんから〝はな〟を添えてもらいました。

うどん日和

夜間中学での文化祭を一週間あとにひかえた日曜日。クラスの出し物の準備をするために、午前中から生徒が教室にやってきました。

七十代の勇さん、六十代の女性、二十代の中国人女性、十代の若者、それに私の五人。昼、勇さんが、持参したカセットコンロでうどんを作ってくれました。勇さんは、港湾荷役をしていた人。目元にギョロリとすごみがあります。

「うどん、でけたよ。さあ、シゴトはヨコにおいて、熱いところを食いねえ、食いねえ！」

みんな、うどんの並んだ長机を囲み、ずるずると食べます。おいしい！　顔を見合わせ、にこっと微笑みます。そしてまた、ずるずる。うどんは気取って食べるものではありません。湯気の出る愛情を、温かいうちにずるずると胃の中に入れるものなのです。

勇さんのうどんのルーツは、〝波止場の地獄焚き〟だそうです。

石油カンで作ったコンロに鍋をかけ、そこに、岸壁にへばりついているカラス貝、真っ黒な三角形のヤツをはがして、殻ごと放りこんで、水でグツグツ煮る。貝が苦しがって口をあけたらザッと醤油をぶんまく。次にボゴボゴ沸騰したら、うどん玉を放りこむ。これで、〝地獄焚きうどん〟のでけあがり。

安くて早くてうまくて、まあ、ルンペン料理だけどね。でも、冬場の外仕事で身体がシンまで冷えている日にゃ、「うどん日和だ」、「地獄焚きだ」と言い合って、キツイ仕事に耐えたもんさ。

おなかが満足すると、勇さんはいつもの歌をダミ声でうなり始めました。

「♪男純情の～愛の星の色～」

勇さんのテーマソング。目を閉じて、気持ち良さそうに歌っています。

「♪冴えて夜空に～ただ一つ～思い込んだら命がけ～」

突然、勇さんがパッと目を開けました。

「ねえ先生、知ってた？」

この、〝ねえ、知ってた？〟は、勇さんの口ぐせです。

勇さんが言います。

「この歌は、戦時中に灰田勝彦が歌って大ヒットしたけど、軍部がいちゃもんつけたんだ」

へえ、どこにも問題なさそうなのに…。

でしょう。でも軍部は、「星は陸軍の象徴である。軽々しく星を使うな。そのうえ、思い込んだら命がけ、とは何たることか。命は国にささげるもの」、なんてへ理屈つけてヨ。

あっ、そうそう、話コロッと変わるけど、ねえ先生、知ってた？　日清のカップ麺『きつねどん兵衛』は、東京と大阪では味が違うんだって。エースコックも、『天ぷらきつね』は、T（東京向け）、O（大阪向け）の記号で区別してるって――。

勇さんのうどん話から、私は奈良の自主夜間中学校を思い出していました。三十年前のこと、当時、奈良に公立夜間中学はありませんでした。市民グループが私立高校の教室を借り、無給で年配生徒たちに「ひらがな」からの勉強を教えていました。

週に四日、夜の六時から九時まで。途中で先生たちの作ったうどんが出ます。うどんを食べながら、にぎやかな話と笑いがはじけます。その活動が本になりました。書名は『うどん学校』。うどんのように、飾らず気取らずあたたかい学校、そんな気持ちからつけられたのでした。

そんなことを思い浮かべていました。

「ねえ先生、知ってた？　今思い出したけど」

勇さんがまた声をかけてきました。

木更津の特攻基地から出撃した若者たちが、前の晩の宴会で涙流して歌ったのは、軍歌なんかじゃなくて、『鈴かけの径』なんだって。

「♪友とかたらん　鈴かけの径　通いなれたる　学びやの街」

という、あの歌。

あっ、それから話コロッと変わるけど、〝地獄焚き〟に放りこむカラス貝、本当の名前は「イガイ」なんだって。意外だったよ、まったく。

ねえ先生、知ってた？

出番だよ

タケシさんは六十二歳。生活困窮者一時宿泊施設のヤマダさんが夜間中学に連れてきました。行き倒れ状態を保護しましたが、読み書きが満足にできないため、連れてきたのです。タケシさんは、ひらがなはなんとか書けますが、漢字は全くダメ、算数も二桁の足し算、引き算で苦労していました。

タケシさんが生き生きしてくるのは、休み時間と給食時間です。タケシさん雑談に花が咲く、これが実に楽しい。

「夜間中学に初めて来たとき？　そりゃー、知らない町の場末のスナックのドアを押し開けるような、緊張感があったね。入学したら、なんじゃもんじゃ、気楽なもんじゃのもんじゃ焼き。これで勉強なければゴクラクだけど、そんなにウマい話はないよね。ウマい話って言えば、やっぱ尼崎競艇場だね。名物、タコの入っていないタコ焼があるよ。上に小さく切ったコンニャクが乗っているんだ。六個で百円。値段もウマいし、味もウマい。名前もウマい…」

実に生き生きと歯切れよく話します。

「そう言えば上野でも〝そーだ〟って言われて、ワケわかンなくなったことがあったよ」

タケシさんの話が続きます。

店先に、大人の足ウラみたいな、ひらぺったいパンがあったんだよ。店の主人に、「これなんですか?」と丁寧に聞いたら、「そーだ」って言うから、「ソーダーパン?」と聞き返したら、「なんだよ!」って怒って店の中に入ってしまった。ドヤ（簡易宿泊所）の物知りに聞いたら、その足ウラみたいなのは、インド料理に使う「ナン」というものらしい。ナ～ンだ、だよ。まったく!。

一同、大爆笑です。

聞けば、タケシさんは長年、土に汚れて下水道の配管補助の仕事をしていたと言います。体力勝負の現場仕事。しかし四十五歳の時、腰を痛めたらしい。それでクビになり寮も追い出されたそうです。それから塗装工事、クリーニング屋、ビルの掃除、それぞれ働いたけど、どこもダメでした。

ヤッパ、腰は痛くなるし、第一、簡単な読み書きができないんじゃ使いものにならないって。そのころ、自分の人生はもう終わりかもしれないって思ってさ、涙があふれたね。路上生活をしながら、その日暮らしをしていたよ。

そんな切ない日々のなかで楽しみは何でしたか、と聞いてみたら、返事は「寝ること」。日雇い仕事にありついてお金がもらえると、ドヤに一直線。とにかく部屋で寝たいと思ったよ。ドヤのせんべい布団にくるまってでも、部屋のなかで寝られるということが、どれだけ幸せなことだったか。

家庭が貧しく、子どものころから働いていたので、学校にはほとんど行っていない。文字の読み書きができないことで、バカにされたり、ダマされたりと、つらい目にもいっぱいあった。だから親をうらんでいたね。

公園で寝ていたら、警察に連行されたことがあった。その時、両親とも死んでいることを知らされた。田舎には、兄がいるけどね。もう何十年も会ったことないよ。でも会いたかないね。会ったってバカにされるだけよ。

そのころ、いつも思っていたよ。このままだと、生まれてきた意味がなくなる。生まれてこなかったのと同じになってしまう、ってね。

タケシさんは細かいことによく気がつく人です。ほかの生徒の机の下にゴミを発見すると、授業中でもピューと行って、パッと拾います。教室のドアの向こうに人影を見つけると、「廊下は冷えますから、どうぞどうぞ」と、勝手に中へ入れて、イスをすすめます。

「よく気がつく」、これは配管現場でタケシさんの唯一のほめ言葉だったらしい。このコトバが、タケシさんの人生を支えてきました。読み書き・計算のできないタケシさんは人にサービスすることで、存在を認めてもらう生き方をしてきました。それが体質化していたのです。

夜間中学にはクラス全員参加で出し物をやる文化祭があります。私のクラスの出し物を話し合いました。

するとタケシさんが〝国定忠治〟か〝森の石松〟をやろうと言う人がいました。〝国定忠治〟も〝森の石松〟もヤクザだよ。たとえ劇でも人殺しはよくないんじゃないかと言いました。

そのタケシさんのひとことで〝国定忠治〟も〝森の石松〟もあっさり却下となりました。ところが代案がなかなか出てきません。そのうえタケシさんは、「人がいっぱいいるところで、舞台に上がるなんてとんでもない。人のいない所、いない所を探して、暮らしてきたんだ。かんべんしてほしい」と弱気なことを言います。

結局、私が台本を作ることになりました。台本といっても、文字が苦手な人たちですから、私は大ざっぱな流れを考えるだけ。あとは「オレがこう言ったら、おまえはこう言え」式に、台本作りと立ち稽古が同時進行する方式で練り上げていくのです。

そして私は、セリフや動作への注文を相手の顔色を見ながら伝えていきます。年配者だし、命令や強制を嫌う人たちだからです。

私が考えたストーリーは、貧しい家を健気に支える親孝行娘の話です。村の広場にその孝行娘が願をかけるお地蔵さんが、二体並んでいます。そのお地蔵さんの役をタケシさんにしました。

隣のお地蔵さんは、口が達者で舞台度胸のあるセイイチさん。セイイチさんは足が不自由なので、舞台では動きたくないと言います。だから、お地蔵さんの役は文句なく了解です。タケシさんはその隣で、いつものようにニコニコしていればいい、ということにしました。

ところがタケシさんは、「ただ座ってるだけじゃあ、バカみたいじゃないか。でも、セリフ覚えるなんてヤだからね」と、スッキリしません。そこで、隣のセイイチ地蔵が何か言うたびに、「そうだ！　そうだ！」と、相づちを打ってもらうことにしました。

さて文化祭の当日、私のクラスの出し物の時間となりました。舞台のそでで緊張しているタケシさんに、セイイチさんが「お客なんか、カボチャかヘチマと思いなさい」と励まします。

タケシさんは「わざわざ来てくれたお客さんをカボチャやヘチマだなんて、とんでもない」などとブツブツ言っています。

音楽とともに幕が開くと、盛大な拍手。そして舞台の二人地蔵にはライトの集中攻撃。客席は逆光で真っ暗。カボチャやヘチマどころか、客席は何にも見えません。

セイイチさんがセリフを言います。

「雨が上がったね」

タケシさん「……」

完全にあがってセリフが出てきません。セイイチさんが小声で教えます。

「そうだ!、そうだ!、だよ」

タケシさん「あっ、そうだった! そうだった!」(客席、笑い)

「孝行な娘だね」「そうだった! そうだった!」(笑い)

「あのね」とセイイチさん、「そうだった! じゃなくて、そうだ! なの」

タケシさん「そうだ! そうだ!」(爆笑)

「おなかすいたね」「そうだ! そうだ!」

「眠たいね」「そうだ! そうだ!」

「そうだ、そうだばかりだね」「そうだ! そうだ!」

「……」

タケシさんが律儀に「そうだ！　そうだ！」を言うたびに、場内大爆笑。そのうち、セイイチさんがひとこと言うと、観客が先まわりして「そうだ！　そうだ！」と言ってしまう。タケシさん、「ダメだよ。それはオレのセリフなんだから」と、泣きそうな顔で言います。これで会場、またまた大ウケ、笑い転げてしまいました。

文化祭のあと、タケシさんはすっかり有名人になりました。みんなから「そうださん！　そうださん！」と声をかけられていました。

「すっかり人気者になったね」

私が声をかけると、「ソーダ村のソーダさんだ」と言います。

「そうだ村？」

「あれ、先生知らないの。ソーダ村のソーダさんが、ソーダ飲んで死んだソーダ。そうしきなんか、なかったソーダって」

「なんか不吉だなあ」

「なあに、こどもンときの遊びコトバだよ」

年が明けての二月。タケシさんは一時宿泊所から民間アパートに転居しました。ヤマダさんやボランティアの人が、部屋探しや手続きを手伝ってくれたそうです。学校へは自転車で二十分ぐらいで来ることができます。

転居した部屋の感想を聞いてみました。

「何にもないガランとした部屋だね。にぎやかしに学校でやった絵だの習字だの貼っているよ。そこが前の部屋と違うとこかな。あっそうだ、風呂がついてんの。これはうれしいよ」

ヤマダさんが時々見にきてくれるようです。私もそのうち寄せてもらうから、で、話を終えました。

二月のかなり冷え込んだ夜、タケシさんの姿が教室に見えません。遅れて来るかもしれないと期待していましたが、結局、この日は学校に来ませんでした。風邪でもひいて寝込んでいるのかもしれません。

翌日、ヤマダさんに電話を入れて、欠席を伝えました。そして、気になるのでタケシさんの様子を見てきてほしい、と頼みました。

夕方、ヤマダさんから学校に電話が入りました。「タケシさんが風呂場で亡くなっていた。脳内出血のようだ」という、悲痛なものでした。死因が特定できないので司法解剖になるそうでした。

それから三週間、ヤマダさんたち数名と火葬場でタケシさんのお骨を拾いました。骨どうしがあたっても、音がたちません。つまんでもカスカスで、なんの重さも感じられませんでした。

今にして思えば、タケシさんは、傷ついた孤独な魂を休めるために、そして生きている実感を感じるために、夜間中学に通って来ていたのでしょう。

そして文化祭の人気者〝そうださん〟は、タケシさんの〝生きた証〟として、みんなの心に生き続けることだろうと思いました。

人生航路

あたたかい手紙

宛名のない手紙を配達した郵便屋さんの話を読みました。チェコの作家、カレル・チャペックの童話です。

郵便局に住む妖精たちは、封筒の上を触っただけで、何が書いてあるか、そして書いた人の気持ちのあたたかさがわかります。ある日郵便配達のコルババさんは、宛先の書いてない手紙を見つけ、妖精に見てもらいます。すると、それはある青年が深く愛する娘へのプロポーズの手紙だったのです。

「この手紙はなんだかあったかいですよ。きっと心を込めて書いた手紙にちがいありません」

それは間違い字が多く、ぎこちない愛の手紙でした。彼は一年と一日かけて青年へ手紙を届け、そして青年と一緒に娘さんの所へ手紙を届けます。

作者のカレル・チャペックはチェコの人です。当時、ヒトラーとナチズムを強く批判していました。ドイツがプラハを占領した時、ナチスは彼を逮捕するため自宅を襲撃しました。その時、すでに彼は肺炎で亡くなっていました。兄で画家のヨゼフを逮捕しました。兄は強制収容所に送られ死亡しています。

イノさんのハガキを思い出しました。イノさんは三十五歳、角刈り頭で小太り、お腹が少し出っ張っていました。

お酒と競馬が大好きですが、文字が苦手です。夜間中学で「ひらがな」からの勉強をしていました。その成果が、生まれて初めて書いたハガキです。私宛てに書いたものですが、届いたハガキの住所は真っ黒で読めません。何度も書いたり消したりしたのでしょう。

住所が読めないイノさんのハガキ。でもそれが届きました。読めない住所の横に、競馬場から私のアパートまでの地図が書かれていたのです。その地図と、かすかに読める私の名前を頼りに届けてくれたのでしょう。

私は、そのハガキがコルババさんのように、とてもあたたかく感じられました。たぶん、胸を熱くして涙ぐんでいたと思います。何度も消したり書いたりしてくれたイノさんの真摯な思いや、労をいとわず配達してくれた郵便屋さんの優しい気持ちに感激したからです。

「せんせ、げんきですか。ぼくはげんきです。」

という文面でした。

イノさんに、どうして地図を書いたのと聞いたら、「オレの字じゃ、配達する人間が苦労すると思ったから、目印を書いた」と言っていました。

そのイノさんが体調を崩して入院した時、夜間中学の仲間たちは激励の手紙を書きました。イノさんは、手紙の文字一つひとつを指で押さえながら、慈しむように読んでいました。涙を押しこらえて読んでいました。読めない漢字は私が読んであげました。

入院中のイノさんが一番びっくりしたのは、脳性マヒのため手足が不自由で、言語にも障がいのある二十歳の女性が見舞いに来てくれたことです。彼女は、先生に書いてもらった住所を握り締め、イノさんの病院を目指しました。電車を乗り継ぎ、道行く人に尋ねながら、気の遠くなるような時間をかけて、やっとたどりついたそうです。

汗びっしょりの笑顔を見て、イノさんは言葉を失うほど感激したそうです。手が不自由で手紙が書けない彼女ですが、自分自身がほかほかのあたたかい手紙になっていたのです。

みずみずしい人生

蒸し暑い夜の教室。みんなで〝故郷〟の話をしたことがあります。

「船で生まれ、船で育ったよ。オイラの故郷は水の上かなあ」

太郎さんが言いました。

太郎さんは七十歳。長年河川敷の仮小屋に住んでいました。今は都営住宅です。

ヒとシが区別できないので、太郎さんの作文を読むのはひと苦労です。「しょしぜえまちがいしどいしとだ」なんて書いてあります。

太郎さんの父親は、達磨船の船頭でした。船に帆柱がないため、ポンポン船（小型の蒸気船）に曳いてもらう船です。自力航行に手も足も出ないから〝達磨〟と呼ばれたそうです。住まいは船尾のタタミ三畳の部屋です。子どもは荷役や航行中も、船の中にいます。

「シがのぼると、波が銀の鱗のようにキラキラしかって、海鳥が水平線へ飛んでいく…」

太郎さんの話には、臨場感があります。

母親は洗たく物を干し、父親がカジをとり、子どもは海水で、船の汚れを洗います。荷物がない時、父親はデッキの上にシートで日よけを作ります。その下で涼しい風に吹かれながら、家族が食事をしたり、寝転んでラジオを聞いたりします。

各地の係留地（船だまり）では、ゴカイをえさにすると、ハゼやセイゴがよく釣れたそうです。太郎さんは、その係留地で生まれました。戸籍には「係留地出産」とだけ書いてあります。それがどこだかよくわかりません。

太郎という名前は、酔っぱらった父親が考えたそうです。最初は、河で生まれたから河太郎。でも河太郎はカッパのことなので、仕方なく「河」をとって、太郎にしたそうです。でも母親は、八幡様の前に係留している時に生まれたから、「八幡太郎」の「太郎」だと言います。どっちが本当だか、と太郎さんは笑います。

「十八でオヤジの仕事を受け継いだ。オヤジは早くから棹を握らしてはくれたけど、教えてくれなかった。だから見よう見まね、必死でオヤジのやり方を学んでいったよ。〝棹は三年〟と言われ、経験が必要な船頭仕事なんだ。オヤジは黙ってその経験を積ましてくれた。オヤジは教えるのが下手だったが、船頭育てるのは上手だったと思うよ。

街の飲み屋に行くでしょう。店のシトに住所なんか聞かれると、〝♪港町～十三番地～〟って歌って答えていたね。そのころ流行っていた歌だよ。住所不定なんて言えないからね。二十五､六のころ、船の仕事が全くなくなって、それでオカ（陸）にあがったってわけ。だけど、オカの仕事は、やることなすこと全部ウラ目で、結局ドヤ（簡易宿泊所）暮らし。そのあと腰もヤラれて、ドヤ代払えなくなり、河川敷で野宿。カッパの河太郎はオカに上がったら生きてはいけないんだね。

川のそばに仮小屋作ってアルミ缶を集め、細々と暮らしていたよ。アルミ缶集めは、朝が勝負。小鳥たちよりも早く、三時、四時ごろには起きるよ。

自転車で川沿いを走っていると、陽が昇る。すると川一面に、あの銀のウロコの波が現れて輝くでしょう。すると、きまって、達磨船やオヤジとオフクロのこと、思い出すのさ。あのころが一番良かったなあ、って――」

みんなが、しんみりとなつかしい気持ちになりました。

「川で生まれ、川で育ち、河川敷に住み、ずっと川のそばで暮らしてきたなあ…」

「つまりそういうのって、水とずっと一緒だから、みずみずしい人生、っていうのよね」

感極まったように、五十歳のカズエさんが言いました。

「みずみずしい人生、か。いいねえ。でもオイラの場合は、みずみずしすぎて、びしょぬれ人生ってとこだよ」

みんなどっと笑いました。

教室に涼しい川風が吹いてきたような気がしました。少し暑さがやわらぎました。

心の叫び

「反抗的で、苦手だなあと思っていた生徒に、思いっきり泣かれたことがあった」

そんな話をしてくれたのは、新卒で夜間中学の教員になった女性です。彼女の教科は家庭科。でも日本語も算数も教えます。反抗的だという生徒は南米から引き揚げてきたハルコさんという女性で、新任教師と同じ年齢です。

家庭科の授業でスカート作りをやった時のことです。生地を配ると、ハルコさんは説明も聞かないで、自己流でどんどん進めていったそうです。かなり大ざっぱなやり方です。

「いい生地だから、そこはちゃんと糸付けでやってください」と言うと、「そんなことやっているヒマはない」と反発します。

「でも、失敗するともったいないでしょう」と言うと、「売りものにするんじゃないから、コレでかまわない」と、ガンとして自分のやり方を変えません。

「授業だから、そんないいかげんなやり方ではダメです」とキツく言うと、その「いいかげん」という言葉に血相を変えました。

そしてにらみつけるように早口でまくしたてたのです。

その話によると――。

ハルコさんの家族は南米に移住し、仮小屋を作って暮らし始めました。ところが父親がヤシの木の切り口に頭をぶつけて亡くなってしまったのです。

母親と五人の子どもは、丸太を組んで板で囲って作った隙間だらけの仮小屋に残されました。寒い時は室内でも零下五度になり、中で火をたいて暖をとっていました。

借りた畑でトウモロコシやジャガイモを植えました。食事はそのトウモロコシやジャガイモをひきわりにしてお米を少し入れて煮立てたものです。おかず、なんて、そんなキレイなことばを聞いたこともありません。

ハルコさんたち子どもは、小さい時から、暑さも、寒さも、ひもじさも、がまんするんだ。こらえるんだ。泣いちゃいけない、と育てられてきました。

しかし母親は無理がたたったのと栄養失調で、ハルコさんが九つのときに亡くなってしまいました。以後、誰も面倒をみてくれる人はいません。自分の身体は自分で守らなければならないのです。

ふとんもありません。ボロをまとって寝ました。服はクズ入れに捨ててあるものを集めて着ました。スカートの縫い方は、拾ったスカートをバラバラにほぐして、自己流で覚えたのです。

「ただ必死だったんだ。必死で、手探りで覚えた縫い方、いいかげんなんかじゃない！」

そう言ったとたん、ハルコさんの大きな目から、ポロポロっと涙がこぼれました。

先生も生徒たちも、初めて聞く話です。聞きながらみんな、涙が止まりません。あまりの悲惨にみんな、言葉をなくしてしまいました。

新任の女教師は言います。

「私は自分の価値観でしか、人を見ていなかったのです。未熟でした。ハルコさんから、人にはそれぞれの生き方や価値観があることを教えてもらいました。あれ以来、相手のありのままを受け入れ、心の叫びに耳を傾ける努力をしていこうと思いました」

その語り口が、とてもさわやかでした。今はハルコさんと姉妹みたいに仲良し。台風一過の青空みたいだそうです。

建築現場で

教材として石川啄木の「はたらけどはたらけどなほわがくらし楽にならざりぢっと手を見

る」を使いました。その際、教室にいた男性三人に手を見せてもらいました。軽い気持ちで見せてもらったのですが、見て驚きました。

どの手もごつごつして、傷だらけで変形しているのです。変形したうえに指先がなくなっている手もありました。私は、見てはいけないものを見たような気がして、一瞬、顔をこわばらせました。

そんな私の反応を知ってか知らずか、みんなは自分の手について語り始めました。

幼いころ、農作業の手伝いをしていてカマで切った傷あと。十四歳の時、工場のプレスでつぶされた指。鉄板の下敷きになって骨がつぶされ、曲がったままになっている指。白っぽくまだらとなって残っている無数の火傷あと。

「医者なんか、かかんないよ。放っとけば、肉が盛り上がってくるし、こんなケガぐらいで医者にかかっていたら、金いくらあっても足りないよ」

「傷だらけのブルースだ、ハッハハ…」

サラリと言ってのけ、互いに屈託なく笑いあっています。しかし私は、この傷だらけの変形した手を前に、身体を硬くしていました。この人たちの困難や苦悩のカケラも、私はわかっていない、と思えたからです。

そこで、みなさんが働く現場をこの目でぜひ見てみたい、できれば一緒に働かせてもらいたい、と熱望するようになりました。そして相手の迷惑も省みず、うなされるようにヒマを見つけては、職場訪問を繰り返したのです。

いろんな現場に行きました。どこも身体を消耗する、危険と隣合わせの厳しい現場でした。現場から学校へ向かう電車で、疲れ果ててぐっすり寝込み、生徒にゆり起こされたことが何度もあります。

お兄さんと一緒にペンキ屋をやっている、身体のでっかい若者がいました。その生徒に頼み込んで、見学ということで郊外のアパート建築現場で、一緒に働かせてもらいました。もちろん手当てなどはいただきません。

ペンキが付着すると困る部分はマスキングテープで保護されています。私はそのテープはがしを割り当ててもらいました。

彼は四方の作業員に声をかけながらテキパキと仕事をこなしていきます。学校でのチャラチャラした軽いノリの彼の姿からは想像できない、引き締まった顔で働いています。

一方私は、テープが思うようにはがれず、イライラ、半べそ状態で作業をやっていました。しばらくすると、彼が風のようにやってきて、あっという間にはがしてしまいました。彼がやるとテープは一瞬でピーッとはがれてしまいます。私がやるとグチャグチャです。

昼はプレハブ小屋に集まって持参の弁当を食べました。食べながら競馬の話に花がさきます。やがてスポーツ新聞を広げて、プロ野球選手の批評が始まりました。作業員の一人が「こんとこ読んでみい。おもしろいで――」と彼にスポーツ新聞を見せようとしました。

私はドキンとしました。彼は新聞の漢字が読めないのです。すると彼は新聞を見ないで、「オラ、ちょぴりションベンしてくるべ」と、ふざけ声とともに一座から離れました。

私は胸さわぎがして、彼のあとを追いました。彼は建物の裏でボクシングのまねごとをしていました。そのこわばった顔を見ていると、字の読めないつらさが、ひしひしと伝わってきました。

彼は毎日、こんなふうに文字と直面しているのだろう。夜の教室ではペラペラ軽口を言うおしゃべりな若者です。授業中、ふざけ過ぎてよく先生に叱られる生徒です。

職場での緊張感が、学校ではどっとほぐれるのでしょう。職場訪問のあと、いつもと変わりなくふざけて、先生から叱られている彼を見て、私はどこかほっとした気持ちになりました。

大丈夫だよ

ユタカは十五歳の春、桜が満開のころ母親に連れられて夜間中学に入学しました。友人関係のトラブルから長い間学校を休み、対人恐怖状態の少年でした。在籍校の卒業証書を受け取らず入学してきました。

夜間中学でも毎日暗い顔をしていました。合同授業で人が座ると、反射的に身体をズラしていました。授業中は無言で固まったままです。

クラスの年配の生徒たちは、「大丈夫だよ。そんなに緊張しなくてもいいよ」と、温かい声をかけていました。ほかのクラスの十七歳のススムも、ベトナム青年のバンさんも、休み時間になると根気よくボール遊びに誘ってくれました。

バンさんは日本語を勉強している陽気なベトナム人です。病気の親に仕送りするため、平日は町工場に勤め、土、日は下水工事で働いています。

ススムは両親が行方不明で、祖母のアパートで暮らしています。歌とダンスが抜群に上手です。授業が終わると深夜のビル掃除に出かけ、朝まで働いています。

クラスのみんなや、ほかのクラスの若者たちにも見守られ、ユタカは恐る恐る、少しずつ、学校にも人にも慣れていきました。

夏休みから、母の知人の八百屋さんで、手伝いみたいなアルバイトを始めました。でも夜間中学に通っていることは内緒です。夜間中学と言っても知らない人が多いし、なんかバカにされそうな気がしていたからです。

アルバイトを始めると「がんばってるね」「無理しないでね」と、クラスのみんなが声をかけて励ましてくれました。月日がたち、ユタカは「学校に行く」ことが当たり前になっていました。みんなともよく話すようになり、表情も明るくなりました。

卒業式が近づき、クラスで自分のことを作文に書き始めました。

在日のオモニは、書くより先に口が動きます。飯場、闇米、どぶろく、露天商、ヘップサンダル――。過酷な人生をカラッと語ります。だからよけいに生活の厳しさや怒りが心にしみてきます。

「夜間中学に来て初めて、月や星を見て〝ああ、きれいだな〟と思えるようになったよ」

オモニのこの言葉で、ユタカは突然、声をあげて泣き出しました。それはユタカ自身の気持ちでもあったのでしょう。そのやわらかな感受性に、私も胸が熱くなりました。

七十歳のゴロウさんが感極まって言います。

「苦労したんだよ、みんな。苦労したシトには、心つうモンがあるよね。オレはそう思うんだよ。ね、センセ!」

教室に、互いをいたわるような優しさが広がりました。

次の日の給食の時間に、ユタカがはにかみながら報告しました。

「今日、思い切って八百屋で夜間中学に通っていることを話したよ。そしたらみんなから、エライ、ガンバレって励まされちゃった…」

「それはヨカッタ」と、拍手が起こりました。

そして、牛乳でカンパイ！　となりました。

やがて迎えた卒業式。卒業生が一人ずつ、みんなの前で「別れの言葉」を読み上げます。泣きながら読む人。途中で、絶句してしまう人。場内も、ただただ涙です。

ユタカの番になりました。


最初この学校に来た時は、不安や恐れでいっぱいでした。ヤケクソな気分もあり、ガチガチに緊張していました。

……今、浮かんでくる顔があります。ぼくが不安や悩みにつぶされそうになった時、くじけそうになった時、「大丈夫だよ」と、支え励ましてくれた人たちの顔です。その人たちのおかげで、今日、夜間中学を卒業することができます。ありがとうございました。


読み終えてユタカが一礼すると、一般席の真ん中で作業服姿の三人の男性が立ち上がりました。ねじり鉢巻きの人もいます。ユタカに大きく手を振ると、ひときわ力強い拍手をしました。

あとでユタカに聞いたら、「八百屋の人たちが、店を閉めてお祝いに駆けつけてくれた」

と、目を潤ませながら教えてくれました。

卒業式の翌日、教室でプリント類の整理をしていると、ユタカがひょっこり顔を出しました。彼は定時制高校に進学を決めています。

「夕方になると足が勝手に学校へ向かっちゃうんだよ。先生、なんか手伝うことない」

「じゃあ、卒業生として黒板に、新入生へメッセージを書いてよ」

うーん、メッセージか…、と考えこんだ末に、黒板いっぱいに大きく書いてくれました。

〝だいじょうぶだよ！〟

校庭の桜のつぼみも大きくふくらんでいました。

いじめ自殺や虐待など、殺伐とした事件の多い息苦しい世の中になりました。でも下町の路地裏には夜間中学の小さな教室が明かりをともしています。そこでは異なった個性がごちゃまぜに互いを支え合っています。

そしてそのごちゃまぜが、人間は、知識や学歴などで飾らなくても、今生きている命そのものがスバラシイのだと、ザックバランに教えてくれます。

ともに過ごす時間のなかに、素朴な感動や発見もあります。
人間はやっぱり「ごちゃまぜ」に暮らすのがいいです。

第六章

街のあかり

路地の故郷

川土手のある街で

東京の旧中川沿いの土手下の一角に、取り残されたような長屋の集落があります。周囲は高層マンションが続々、建設されています。一帯はいわゆる海抜ゼロメートル地帯。

夕方、低い屋根が連なり、ドクダミの白い花がまばらに咲いている路地を歩いて土手へ向かいました。途中、ねじりハチマキに作業服のおじさんが、物干し場へ向かって叫んでいました。

「おう、タア坊いるかい？　いない？　いつごろけえってくる？　けえったら　ちょっくら話があるからって伝えてくんない」

軽トラックの窓から、顔見知りのユカリさんがVサインをしました。二十二歳の女性。ヘルメットに作業服、腰に工具ベルトを巻き、父親と一緒に屋内配線の仕事をしています。中学校はずっと不登校で、私たちのやっている小さな集いに、よく顔を出していました。

「お母さんがね、〝高校卒業するまで元手かかってんだから、元とり戻すまでは、簡単にお嫁になんか行かせないよ〃って言うのよ」

高校卒業の日にケラケラ笑って話してくれたことを思い出します。

この町の気取らない、開けっ広げの雰囲気は、ここに住む人たちの人柄でもあります。

少し歩くと、ツタに覆われた家の軒に黄色い厚紙が下げてあり、お願いが書かれていました。

『この犬の名前はポチです。吠え続けるようでしたら、ポチ、ポチと呼んでください。よい子ですから、すぐに鳴きやみます』

よい子ですからの文句に、犬の姿を見たくなり、「ポチ、ポチ」と、大声で二、三度呼んでみました。でも、犬も家主も出てきません。代わりに隣の家から体格のいいおばさんが顔を出して、「バフン紙の犬なら土手に行ってるよ。土手に行ってみな!」と叫びました。

バフン（馬糞）紙というコトバが今なお存在していたのにびっくり。よい子のポチとは、どんな犬だろう、家主はどんな人だろう。あれこれ想像しながら、土手を上りました。

上に出ると視界が一気に広がります。近くに小さな黒い犬を連れて散歩している年配のおじさんがいました。ポチかもしれません。

犬は猫を見つけて土手草の茂みの中に突っ込もうとします。おじさんは、「シロ！　シロ！」と叱っていました。ポチではないらしい。でも、黒い犬なのになぜシロ？　聞いてみました。

おじさんには男の子が三人いて、今はみんな独立しています。一年前にオスの子犬をもらったので、四人目の男の子という意味で「四郎」と名付けたのだそうです。白のシロではなく、四郎のシローだったのです。なあんだ——。

そのおじさんが、三月の大震災の時、余震よりも津波や満潮が心配で一睡もできなかった、と言っていました。

かつてこの地は東京大空襲で焼け野原になりました。その四年後、今度は台風と東京湾の満潮が重なり、堤防が決壊、住宅地はみるみる水に沈んでいきました。おじさんは小学六年でした。屋根に上がって恐怖に震えながら救助を待ったそうです。あれから六十年、今だに心の傷跡がうずくのです。

川に近づくと、水面はどす黒くよどんでおり、プラスチックの破片やらイスの脚、ビニール袋がぷかぷか浮いていました。ユカリさんが普段着に着替えてやって来ました。彼女によると、小さいころは、ゴム長ぐつをはいて川の周りを探検したし、男の子たちは茂みの中に隠れ家を作っていたそうです。

どす黒い川でも、夕陽にはびっくりするくらい美しくキラめきます。今でも旅行などで遠出して帰る時、電車でこの川を渡ると、ほっとした安らぎの気持ちになると言います。

川はいつも土地より上を流れるものでした。だから川を見るためには土手に上らなければならない。当たり前の話です。ところが、この川沿いに建ち始めた高層マンションの住人は川を上から見るんだ、ユカリさんは不思議な気持ちになったそうです。

川土手のある町。喜び悲しみを川と分かちあい暮らしてきた人たちの故郷です。

路地裏育ち

夕陽が下町の低い屋根を染めるころ、商店街の店先が活気づきます。八百屋のご主人は、「安いよ、安いよ!」を連呼。声がかかると新聞紙にクルクル包んで、ポンと渡します。

路地という路地は、鉢植え草花で緑豊かです。鉄工場の前では、作業服を着た人が道路に新聞を広げて読んでいます。公園の前では、ご近所さんが大根の入った買い物袋を下げたまま、大声で話をしています。

そんな町の片隅にある喫茶店で、ヨシユキと会いました。

私がヨシユキと初めて会ったのは、彼が中学二年の時です。急病の国語の先生の授業の一部をと頼み込まれて、昼間のヨシユキのクラスを受け持ったことがありました。

授業といっても、週に一クラス一時間、六組まであったので合計六時間。私は夜間中学の話をしたり、生徒たちに親の歴史を記録させたりしていました。

当時のヨシユキはふざけてばかりで、昼間の先生によく叱られていました。叱られるときまって夜間の職員室へやってきて、私の顔をのぞき込み、「まじめにやっている？」「ちゃんと仕事しなきゃ、クビだよ」などと、言っていました。

彼は生徒たちには人気者でした。休み時間は、歌手のモノマネをやり、得体の知れないクネクネ踊りで、みんなを笑わせています。授業中はセッセと回覧マンガを描いていました。「この情熱のせめて五分の一でも勉強に振り向けてくれれば…」と、担任の先生は没収した回覧マンガを前にため息をついていました。

その彼が卒業と同時に、都心のホテル内の日本料理店に板前見習いとして就職することになりました。クラスでは彼以外の全員が、高校や専門学校に進学が決まっていました。

「日本料理は奥が深いし、やりがいがあるんです。どこまでやれるか自分自身をかけてみるつもりです」

あのオチャラケのヨシ坊が、卒業式のあとで夜間の職員室に立ち寄り、キッパリと宣言しました。期せずしてあたたかい拍手が起こりました。

あれからもう二十年の歳月が流れています。

卒業後も彼は、時々、夜間中学に寄って、近況を聞かせてくれました。年々、顔がひきしまり、見事に礼儀正しくなっていくのには、驚きました。日本料理店にはずっと勤めていました。

この日は、父親の話を聞きました。

彼の父親はトビ職のカシラ（頭）をやっていました。幼い日、仕事の電話が家に入ると、父を探しに飲み屋を回ったそうです。当時、父親が行きつけのモツ焼き屋は、ガラス戸の上と下が見えるようになっていました。その下からのぞきこんで、見慣れた「地下たび」や「きゃはん」を探します。だから今でも、「地下たび」とか「きゃはん」を見ると、なつかしさで胸がいっぱいになるそうです。

父親は蒸し暑い夏の夜、少しは涼しいだろうと、玄関の土間に板を並べて、そこへヨシユキの布団を運んでくれたこともありました。

ヨシユキが就職してまもなく父親は、姿を消しました。元請けの会社が倒産し、従業員の給料をサラ金でまかなっていましたが、それが高額になり、身動きが取れなくなったのです。今も連絡は途絶えたままになっています。

「きゃはんをキュッとしめて、きびきびと仕事していたおやじの姿、今でも思い出します。尊敬しています。おやじは無学だったけど、トビのカシラ（頭）になったんだから――」

「付き合っている女性がいるんです。彼女も勉強はダメですね。代々木公園をささき公園と読んだりして。でも、とても気だてのいい子なんです。できの悪いものどうしだけど、二人でなんとかやっていくつもりです」

「この間、浅草のモツ焼き屋に二人で入りました。ごちゃごちゃしたこぎたない店だけど、なぜか心が落ちつくんですよ。モツ焼きの匂いに囲まれていると、おやじを思い出して…」

ふと、遠くを見る目をしました。別れ際、「私みたいなモンの話を聞いてもらって、ありがとうございました」と丁寧にお礼を言いました。

小さなあかり

日曜日の夕方、二十歳のタカシのアパートに立ち寄りました。昨夜、工場を辞めたと電話があったからです。ドアを開けると、足元まで、マンガ雑誌やコーラの缶、カップ麺の容器などが散乱していました。

何度か名前を呼ぶと、「ふあっ」とあくびをしながら出てきたのは、タカシの遊び友だちでした。彼はボサボサ頭をポリポリかきながら言いました。

「タカシは工場へ行ったよ」

「えっ、工場やめたんじゃないの?」

「やめた。けど、昼過ぎから出かけて行った」

工場はアパートから四、五分歩いたところにあります。行くと、タカシは工場の外の資材置場みたいなところにいました。沈みかけた夕陽の淡い光を浴びながら、鉄製の丸い管にサビ止めの赤いペンキを塗っていたのです。

「昨日で工場辞めたんだけど、やり残したことが気になって…」

工場長にバカだマヌケだと怒鳴られ続けてきたそうです。昨日、ついに頭にきて怒鳴り返し、工場を辞めたのだと言います。

「でもこの製品に罪はないし、自分の仕事だったから、キチンと終わらせたくて」

タカシは、ぼそぼそ話しながら作業を続けています。周りがうっすら暗くなってきました。彼は手元に裸電球をともしました。

作業を終えるまで時間がかかると言うので、私は彼と別れて駅の方へ歩いて行きました。曲がり角で振り返って工場を見ると、夕闇のなかに裸電球の明かりが一つ、そこだけが希望のように輝いていました。

シャッターばかりが目立つ駅前商店街。人影まばらな通りに明かりをこぼしている小さな食堂に入りました。ガランとした店内で、かなり高齢の夫婦が対応をしていました。お客は父娘の親子連れだけでした。私は、なに気なくその親子を見ていました。

娘は小学二、三年くらいのダウン症の子です。小さなテーブルに向かい合って笑顔でラーメンを食べていました。父親は時々、娘のどんぶりに、たまごやカマボコなどを入れていました。自分の分を食べてしまった父親は、目を細めて娘の食べっぷりを見ていました。

父親の視線に気がついた娘は、自分のどんぶりをスーッと父親のほうに動かしました。いいよ、というジェスチャーの父親に、娘はニコニコしながら、さらにすすめます。

やがて二人は、おでこをくっつけるようにして、どんぶりの両方からラーメンを食べ始めました。とても幸せな光景でした。私も、ほわっとあたたかな気持ちになりました。

食堂を出て駅に行くと、改札口近くに、先ほどの親子がいました。手をつないで、誰かを待っているようでした。

突然うしろから、「先生！」と声をかけられました。振り向くと、婦人が小走りでこちらへやってきます。満面の笑顔なのですが、見覚えのない人です。いぶかしく思っていると、その人は私の横をすり抜けて、あの親子の方へ行きました。そして父親の方に頭を下げながら言いました。

「先生お世話になりました！　先生、ありがとうございました！」

えっ、あの人は父親でなくて先生？　何度もお礼を言われ、照れくさそうにしているその人を見ながら、私はうなってしまいました。

電車の中で、その先生のことを考えました。先生と呼ばれていたけど、まさか学校の先生ではないだろう。学童クラブの指導員？　絵や音楽を教えている人？　いや、ひょっとすると学校の先生かも、などと空想しながら電車を降りました。ふと見上げると、夜空にまんまるい月が出ていました。やあ、と声をかけてくれているようでした。

月天心　貧しき町を　通りけり

そんな蕪村の句を思い浮かべながら、月明かりの路地を、月と一緒に歩きました。どこか涙ぐみたくなるような、なつかしい一日でした。

雑木林

私は、東京近郊の小さな町に住んでいます。数年前のある日、新緑をもとめて家の近くを散策しました。野菜や果物を栽培している農家も点在しており、町全体がうっすら緑色に包まれていたころです。

住宅地近くに、宅地開発から取り残されたような雑木林があります。その雑木林の下草の間には、錆びた自転車や、中身の飛び出したマットレスなどが散乱していました。ゴミ捨て場にされていたのです。しかしこんもり繁った雑木林です。奥を見ると緑の静寂が広がっています。そこを通るたびに、つい中をのぞいていました。気になっていたんですね。

その日は、雑木林の前まで来て、にわかに中に入ってみたくなりました。雑木林の奥は、いささか不気味に思えましたが、好奇心が勝って、ついに中へ入って行きました。

中は思ったよりずっと明るく、春の日ざしが若葉を透かして差し込んでいました。コナラやクヌギなどが、思い思いに若葉を広げたその下を歩いていると、まるで緑の海の底にいるような気分になります。歩きながら出会う草花は、赤、白、黄、青、紫と、彩り豊かで、しかも淡く可憐に咲いています。人知れず咲く草花それぞれに、小さな宇宙があり、誠実さがあり、思わず足を止めてしまいます。

小さなアブが、かすかな羽音をたてながら、花から花へ、いそがしく飛びまわっています。どこからともなく白い蝶がふわりと現れて、緑の奥へゆったりと飛んでいきました。いつか遠い日に見た夢のようでした。

突然、羽音がし、数羽の鳥が梢でけたたましく鳴きだしました。

雑木林の下を見ると、下草の生い茂ったその下に落葉が重なり合っています。その落葉を取り除いてみました。すると、腐朽して土になりかかってはいますが、まだ葉の痕跡を残している層が出てきました。それを掘り返してみると、砂のようにサラサラした黒っぽい土とともに、ミミズやトビムシなどが飛び出し、逃げ回りました。彼らもまた、雑木林の大切な住人なのです。三十分ほどの散歩を終えて外に出ました。

人間たちに冷遇され、無視されても、雑木林にはたくさんの草花や小動物たちが生きていました。その見事な共存に感心しながら、私は一つの話を思い出しました。

雑木と呼ばれる身近な樹木が、たくさんの人間の命を救ったという話です。

それは、一九二三（大正一二）年に発生した関東大震災のことです。火に追われた避難者が陸軍被服廠跡広場に押し寄せました。その数四万人近く。二万坪以上ある広場は避難者でぎっしり埋まりました。ところが広場はあっという間に炎に囲まれ、その炎が身動きの取れない避難者の荷物や服や髪の毛に飛び火しました。広場はまさに阿鼻叫喚の地獄となり、結局、三万八千人が亡くなりました。生存者はわずかに二百人です。

そこからほど近い清澄庭園へ逃げ込んだ二万人は、一人の犠牲者を出すこともなく助かりました。

庭園を囲む楠やシイノキなどの常緑樹の森が、自らの枝葉をじりじり焦がし樹皮に火傷を負いながらも、襲いかかる大火を防いでくれたのです。同じ庭園内でも、洋館や日本館を建て人工的に松やシュロなどを植えて整備した地域は、周辺の火災に飲み込まれ焼失してしまいました。

自然のままに育った常緑樹の雑木たちが森をなし、見事に大火を食い止め、多くの市民の命を救ったのです。

その後の東京大空襲で、再び一帯は焼け野原になりましたが、この時も、森は焼夷弾に耐えて、この森に逃げ込んだ大勢の市民のいのちを守り抜いたのでした。都会の人口密集地にある常緑雑木の森は、癒しのオアシスであるとともに、いのちの森でもあったのです。

そのことを思い出したので、後日、春うららの清澄庭園を訪ねました。

雑木たちに守られて震災と戦火の被害を免れた木造数寄屋造りの「涼亭」は、池の水面にその姿をくっきり映していました。雑木の森の樹木たちは、豊かな枝それぞれに新芽を育て、若葉をキラめかせていました。

広場には葉桜の下で、花見弁当を広げている老夫婦がいました。

楠の大木のところで、一人でロープを張っている男の人がいました。作業服に長靴姿。私と同年輩でしょうか。

声をかけてみました。

「立派な楠ですね」

「ああ、図体はでかいが、こいつはバカクスだよ」

「バカクス？　ですか」

「ほれ、この葉っぱ、匂わないだろう。だからバカクス。クスは匂いが勝負なんだよ」

「バカって、何かかわいそうですね」

「しょうがないだろ、そうゆう運命なんだから。でもこいつの若葉は明るくていいよ。花もかわいいし。桜の花よりよっぽど、こっちがいいよ。じゃあ…」

行ってしまいました。

桜の花よりいい…ということは、あの人は本当は「バカクス」が好きなんだ。

見上げると、なるほど黄緑色の若葉たちが青空にそよいでいます。なんと明るくさわやかな若葉なのでしょう。

大きく背伸びをしたら、〝クス若葉〟、そんな季語まで浮かんできました。今度は「かわいい」という楠の花を見にこようと思いました。

あの街この路地

いい一日だったよ

師走の午後、和歌山県の小さな町の駅で、私はタッチの差で列車に乗り遅れてしまいました。駅の時刻表だと、次は一時間後です。特急や新幹線への接続が大幅にくるってしまいます。

ああ、あの時出されたお茶菓子を食べなければ…、雑談を早く切り上げていれば…、古びた神社に立ち寄らなければ…、と後悔の嵐です。

駅前に時間をつぶせるような喫茶店やレストランはありません。駅の待合室は無人で寒々としています。仕方ないので、冷え込んではいますが、町を歩いてみることにしました。駅前から農協脇の細い路地に入りました。角を曲がると、陽だまりで高齢の女性が立ち話をしていました。葉つきの大根を抱えた人と、乳母車で身体を支えている人でした。

「こんにちは！」

「いいお天気で…」

私がそばを通ると笑顔の声がかかります。

「列車に乗り遅れたので、散歩がてら――」

私はよそ者の言い訳をします。

「じきに汽車はきますよ。ごゆっくり」

のんびりとした言葉があたたかく、ほのかないたわりが感じられます。こんなささやかな会話を日々繰り返しながら、この人たちの人生は織りあがっていったのでしょう。

川沿いに小さな公園がありました。ベンチでひと休みしていたら、大きなビニール袋を持った初老の男がやってきました。

日焼けした顔のシワが深い。毛糸の帽子をかぶり、袖口が擦り切れた厚手のオーバーコート、そして、ゴム長靴をはいていました。男はよっこらしょ、と袋を地面に置きました。袋の中は空カンのようです。私の横に座るとニイさんよ、と話を始めました。

「今日は最悪の日だ。朝は坂道でこけるし、自転車のカギは川で落とすし。あのね、落としたカギを探しにサク越えて川に入ったら、警官がやってきたよ。名前や生年月日や血液型なんか聞くので、この前も聞かれたって言ったら、変わっているかもしれないから念のためだって。

名前や生年月日や血液型なんて、そうそう変わるもんじゃないだろう、まったく。この空カンも。せっかく持って来たのに、役にたたないのよ。今日は金曜日だろう。いやね、先週の木曜日の今ごろ、男子中学生三人がここにやって来たんだ。ボランティアで、掃除に来たと言ってた。だけど、ここは人気のない公園だ。せっかく掃除に来てもゴミなんかありゃしない。空カン二、三個見つけ、喜んでいたけど、さびしい思いをしただろうよ。だからオレがよそで空カン拾って、ここに捨てようと思ったのさ。捨てる場所もあれこれ考えたよ。すぐ目につくとこじゃ、ワザとらしいし、探す楽しみがなくなっちゃうからね。いろいろ考えて、考え過ぎて曜日を間違えてしまったってワケ。ああ、バカバカしい」

その男は、そのあとも、私のことをニイさん、ニイさんと言いながら、いかに自分の人生がツイていないかを話してくれました。

そして犬の散歩の時間だと、空カンの袋をヨイショと肩にかけると、立ち上がりました。

「くだらない話に付き合ってくれてありがとう。おかげで、今日がいい一日になったよ」

礼を言って帰って行きました。

私も駅へ戻りました。夕暮れのホームに人影はありません。何か飲もうと、ホームの自動販売機の前に立ちました。コインを入れると、突然、その販売機から声がしました。

「あったかい飲み物、どうでっか！」

へーえ、ここでは自販機まで、関西コトバでしゃべるんだ。感心しながら、温かいお茶のボタンを押し、容器を取り出したら、また自販機が元気よくしゃべりました。

「おおきに！　行ってらっしゃい！」

何と愛想のいい機械だろう。列車に乗ってホームを見たら、明かりをともした自販機が手を振っているように思えました。そして私も、今日がいい一日だったような気がしました。

天空の橋

山深い里の早朝。霜で真っ白になっている畦道を、白い息をはきながら歩きました。川沿いの道へ降りると、やがて、渓谷に虹のように架かる石橋が見えてきました。両岸から積みあげられた石が弧を描く、アーチ式の石橋です。

橋の名前は通潤橋。九州のほぼ真ん中、熊本県上益城郡山都町矢部（矢部町）にある石の水道橋です。長さ七十五・六、高さ二十・二メートル、アーチの直径二十八メートルという、わが国最大の石造りアーチ水道橋で、国指定重要文化財になっています。

水不足に苦しむ台地の人たちを救うために、江戸時代に造られたものです。今なお現役で、田畑や地域の人々の暮らしを支えています。

この水道橋を企画したのは当時の惣庄屋・布田保之助です。自然の傾斜を利用して、水を六キロ上流から石管で運び、石橋の上の石管を通し、サイフォンの原理で台地に上げる、動力を一切使わない方法です。

難問の一つは石管を接着させる方法でした。水漏れは許されません。苦心の末、土に松葉汁などを混ぜた独特の漆喰を完成させました。その漆喰で石管を接着させる仕事を、布田保之助は知的障がい者にやってもらいました。一つのことに集中し手抜きをしない性格を見抜き、高給で重用したそうです。

最大の難関は、石管を渓谷の向こうへ運ぶための石橋です。深い川のため橋脚を建てることができません。布田保之助が考えたのがアーチ式の石橋です。

アーチ式の石橋に実績のある卯助、宇一、丈八の兄弟石工を招いて、この難工事に着手しました。里の人達も総動員で協力し、一年八か月後に完成しました。その間、一人の犠牲者も出さなかったそうです。

使われる石はすべて地元で切り出されたもの。だから通潤橋には天然素材そのものの素朴で簡素な美しさがあります。それが見事に山里の景観になじんでいました。

兄弟石工の祖父は、長崎でアーチ式石橋（眼鏡橋）に感動して、熊本で眼鏡橋を試作した人です。その工法を子や孫に伝えました。

長崎の眼鏡橋は中国から伝来し、中国へはシルクロードを通ってローマから伝わりました。つまり通潤橋の石積みアーチ橋のルーツは、遠くシルクロード、ローマへと、天空を越えてつながっていたのです。

ところで、通潤橋がある矢部の商店街では、九月の第一土・日に「八朔祭」が行われます。祭りの目玉は、高さ五メートルを越えるような巨大な「造りもの」です。私が泊まった「通潤山荘」の玄関横にも、祭りの「造りもの」が立っていました。見上げるほど大きい仁王像で、迫力がありました。

「造りもの」の材料は、竹や杉、シュロの皮、あけびのツルなど、この地の山野に自生する植物です。商店主たちは、これらを自在に使い、伝説・空想の人物や動物を、競い合って造ります。

この祭りは、二百五十年前、町衆が農民のために豊作祈願をする、ということで始まったようです。実際は、商店が稼いだ金で、楽しもう、楽しんでもらおうという、いわば町衆の道楽から生まれたような祭りなのでしょう。

商店主たちは今でも、お祭りの前一か月は「造りもの」を引っ張り回したり、踊りに出たりで盛り上がります。その間、商店街は商売になりません。それほどにみんながのめり込むのは、二百五十年の伝統を守るというより、単純におもしろいからでしょう。とことん楽しみながらやっているので、長続きしているのかもしれません。

小さな雑貨屋さんの奥で、百年続く手練りの羊かんを売っていました。

「マキで小豆を煮て、できあがるまで三日間かかる。数作れないから店頭に出さないの。道楽、道楽」とおばさんが言います。百年続く道楽に脱帽です。

熊本県山都町矢部。盛大な祭りと天空の橋（通潤橋）が生活の彩りとなり、人々はより深く自然との一体感のなかで暮らしていました。

ええぞコンテスト

九月上旬、日没の木曽福島駅から、海抜九百メートルの村へ車で向かいました。カーブの多い山道を、ヘッドライトを頼りに車は走ります。走りながら運転手さんが話します。

「村は二十五年前の大地震で壊滅的な打撃を受けた。周辺自治体の合併協議では、村の財政赤字がお荷物になると、ハズされてしまった。

人口はどんどん減って、現在九百人。そのうち六十五歳以上は三百五十人、高齢化率は県平均より十ポイントも高い。

少子化も進み、小学校の入学は去年が四人、今年が二人。増えるのは、サルやイノシシばかり。畑が荒らされて、踏んだり蹴ったり――」

運転手さんのボヤキを聞きながら、三十分ぐらいで、その村に着きました。午後七時、ここが中心街と言われた通りに、店の明かりはほとんどなく、人影もありません。

案内された旅館は、修験道の人たちが泊まるところでした。薄暗い廊下には、口が耳まで裂けた天狗の絵が貼ってありました。部屋の障子を開けて外を見たら、一面深い闇。じっと見ていると、闇に身体ごと吸い込まれそうで、あわてて障子を閉めました。

朝、小鳥の声で目が覚めて、障子を開けると、清涼な風が吹き抜けました。快晴の空。木立の向こうに、湖と緑豊かな山並みが朝の光でキラキラ輝いています。

朝食後、村の「福祉・健康のつどい」に出かけました。会場の福祉会館前広場は出店でにぎわっていました。村をあげてのお祭りです。白樺のペン立て、流木の壁飾り、古布人形などを、みんな楽しそうに作っていました。五平モチ、しそジュース、無料のとん汁もあります。ドングリの粉で作ったまんじゅうもありました。ドングリは「ひだみ」と呼ばれ、ひだみモチは、村で普通に食べられていたそうです。

出店の働き手は小中学生です。こまめに、よく働いています。ステージでは、小学一年生、二年生が木曽節ショーをやっていました。子どもたちには、「やらされている」「やってあげている」という感じが全くありません。自ら楽しんでいる、遊んでいる、といったふうで、表情が素朴に明るかったのです。

この村の小中学校は生徒八十人、そのうちの十五人が山村留学です。昨年の村主催「ええぞ！　コンテスト」で、子どもたちはこの村のことを次のように自慢していました。

＊ばあちゃんの作るかぶ漬け　うまくて　ええぞ！（中三・男）

赤かぶは、葉も「すんき」という無塩の漬物になります。塩が高価だった時代に考え出されたものです。ドングリと同様、再び表舞台に登場してきた先祖の知恵です。

「食」という字は、人の下に良いと書きます。食の知恵や伝承もまた、人や身体や心を良くするのでしょう。

＊みんな　家族みたいで　ええぞ！（小六・女）

＊近所の人が野菜をくれて　ええぞ！（小四・男）

「大勢の人が自分の子どものようにあたたかく見守って、気遣ってくれるところがすばらしい」とは、お父さんの村自慢です。

＊人口が少なくても　みんな親切で　すごくええぞ！（小四・女）

＊借金まみれだけど　みんな仲良くで　ええぞ！（中二・女）

人口減、財産難――、村のキビシイ現実のなかでも、子どもたちは大切なものを忘れません。

高齢者も村自慢では、負けてはいません。

＊サルやいのししと毎日知恵比べできて　ボケ防止にええぞ！
　マイナスをプラスに考える楽天性が見事
＊どこの家に行っても　お茶が飲めて　ええぞ！
＊留守にしても　カギをかけなくても　ええぞ！

この開放的な雰囲気が、人間信頼のもとになるのでしょう。でも、防犯カメラに監視されている都会では、想像できない世界です。

昨夜私は、運転手さんのボヤキと深い闇で、この村を絶望的に感じていました。今は一転、ここに、閉塞日本が忘れてきた大切なもの、希望のようなものがあると思っています。

石のお守り

長野県池田町は、信州安曇野の北部に位置する田園風景の美しい町です。田園の向こうに信濃富士と呼ばれる「有明山」や雪をいただいた北アルプス連峰の大パノラマが広がります。

この池田町の八幡神社の境内に古びた石碑があります。その石碑は、木の柵で囲われ屋根までつけられ、大切に保護されています。ところが、石碑の文字はほとんど削られ、欠けているのです。残った文字をたどると、「杉山巣雲先生墓」と読めます。どうやら杉山巣雲という人の石碑らしいです。

別の場所に墓があり、「杉山巣雲先生墓」と書かれているのですが、その墓石も角が削りとられて傷だらけです。何かの怨恨で傷つけられたのでしょうか。それにしては「杉山巣雲先生」の文字はいずれも無傷です。

私は鼠小僧次郎吉の墓を思いました。墓の破片が幸運を呼ぶと削り取られ、何度も作り替えられています。現在は削られてもいいように、手前に別の墓石を置いているのです。

杉山巣雲の碑や墓が欠けているのは、あるいはそのカケラに何かご利益があるのではないか――。あれこれ考えていると、町長さんから頂いた『池田学問所別伝』に、次のような町のお年寄りの話が紹介されていました。

「昔の勉強をする若者たちが、勉強ができるようになることを祈って、欠いてお守りにしたり、粉にして飲んだりしたのだ」

当時の若者たちが、どんなに師匠を尊く思い、そして勉学に真剣だったか想像できます。石は意志に通ずるのです。それほどまでに尊敬される杉山巣雲とは、どんな人物だったのでしょうか。

江戸時代、産業が盛んになり町が栄えてきた池田町では、町のすべての子どもたちに勉強を教える学問所を、町民が財を出して建てました。一七八八（天明八）年のことです。七歳から十四歳までの生徒は三百人。そのうちの七十人は女子という、当時としては珍しい男女共学です。月謝は五節句に、蒸し餅・赤飯または精米などを出し、年末にそれぞれの財産に応じて、一両から一分までの間で出します。貧しい人は納めなくてもよいとされていました。

この池田学問所に師匠としてやってきたのが杉山巣雲だったのです。武士の家に生まれ、少年の時から藩校に学び、学問が好きで、特に書が得意でした。武術の腕前も上達していましたが、二十五歳で武士の勤めをやめ、請われて池田学問所へ赴きました。

巣雲は生徒に、朝、学問所に来たら「先ず心を鎮める」ことを教えます。そして、相手を大切にすることが自分の心を豊かにすることになります、などと、みんなの心にしみこむように語ります。師匠の助手として働く古参の者には、下級生を弟（妹）としてかわいがり、登下校も仲よく面倒をみてください、と教えます。生徒への語りかけは優しく、丁寧で、「何々すべし」といった命令調は全くなかったそうです。

習字が主体の学問所ですが、毎朝二時間、読書の時間がありました。本が少ない時代に読書の時間があるということは、巣雲に本を読む力があり、読書を重んじる心があり、生徒分の本の備えがあったということです。

儒学者・頼山陽は碑文で、巣雲を次のようにほめたたえています。

「学問と実行が一つになり、教えは村中に広がっている。ほこりの立つ田舎にいて、規律のない子どもたちを教えている。私はこのような人に向かうと恥ずかしいことである」

四十五年間、村の児童教育に情熱を注いだ巣雲は、塾舎にて七十一歳で亡くなりました。その人望や学問への真摯な姿勢にあやかりたくて、若者たちが石碑や墓石を削ってお守りにしていたのです。池田学問所は五代の師匠に受け継がれ、明治五年までの八十四年間続きました。

ところで、混迷孤立を歩む現在の若者たち、お守りになるものは何かあるでしょうか？

永井博士と中学生

佐賀県の伊万里市立東陵中学校へ行きました。人権教育発表会での講演を依頼されていたからです。学校は高台にあり、広大な校庭は桜の木で囲まれていました。

案内された校長室には、なんと永井隆博士が書いた「如己愛人」の額が飾られていました。ほかにも二枚、永井博士の色紙がありました。長崎で育った私は、永井博士に対して畏敬の念を持っております。佐賀の山間の学校で、突然、永井博士直筆の色紙と対面し、本当に驚きました。

永井博士は、爆心地から七百メートルの長崎医大付属病院で被爆し、頭部に重傷を負いながらも被爆者の救護活動をしました。妻は自宅で爆死。二人の幼子を抱えた博士自身も被爆白血病で倒れ、余命三年と宣告されました。それでも救護活動を続け、貧しい病人は無料で治療しました。

そんな永井博士のために、被爆地浦上の人たちが、畳二枚の小さな庵を建てました。その庵が、如己堂《にょこどう》です。永井博士の座右の銘、「如己愛人（己の如く人を愛せよ）」から名付けられました。

その「如己愛人」の額が、伊万里市の山間部、生徒百五十名の小さな中学校に飾ってあったのです。椛島陽一郎校長に聞きました。

一九五〇年（昭和二五）年二月、当時の大川中学（のちの町村合併で東陵中学となる）は修学旅行で長崎に行きました。その際、永井博士の生き方に感動した生徒たちが、地元特産の梨を集めて回り、それを病床の永井博士に贈り見舞ったそうです。

永井博士は大変喜んで、「如己愛人」のほかに何枚も色紙を書いてくれました。ぶたの絵に「しっぽもひと役」と書いたものもありました。

梨の絵を書いたものは、現在、大川の公民館に飾られているそうで、コピーを見せていただきました。それには次のように書いてありました。

大川の野山はみねど梨の実の
甘きに想うゆたかなる里

一九五〇年　永井　隆

その翌年、一九五一年五月に永井博士は亡くなりました。でも、訪問した中学生の心の中に、博士は「如己愛人」の言葉とともに生き続けています。

大川の地では、永井博士から特産の梨をほめられたことが代々の励みになりました。以来、現在まで、永井博士の墓前に梨を送り続けているそうです。

東陵中学では、十二月の文化発表会で一年生が、この梨と永井博士の劇を上演するそうです。訪問した中学生の孫の世代にあたります。今に伝えられる「如己愛人」の心です。

中学生と永井博士の交流を知り、私は東京の暁星学園中学の生徒だった植本一雄君のことを思い出しました。

一九四九年、大川の中学生が永井博士を見舞った前の年、藤山一郎の歌で「長崎の鐘」が大ヒットしました。同じ時期にビクターから同名の「長崎の鐘」がレコード化されました。テノール歌手・藤原義江が歌ったもので、その作詞、作曲をしたのが中学生の植本一雄君でした。彼は余命いくばくもない永井博士に思いをよせ、二人の幼子を手紙で励まし続けました。そして作ったのが「長崎の鐘」です。

歌は、アンジェラスの鐘のイントロのあと、「長崎の鐘が聞こえるよ／あの鐘はお父さんの声かな／兎にえさをおやりと言うた――」と、女性コーラスをバックに厳粛に続きます。

植本君もまた平和を願う純真な中学生でした。彼は、川の上流からのゴミを、竹や木で作った「あじろぎ（網代木）」で止めて、汚れた川を清流に戻す活動もしていました。しかし残念なことに、植本君は高校在学中に病気で亡くなりました。あとに、「長崎の鐘」のレコードと「植本一雄歌曲集」が残りました。いずれも精神性の高い作品です。（『長崎は歌とともに』・宮川密義著・長崎文献社より）

役にたたないものが役にたつ

屋久島の自然を見たくて、羽田空港から鹿児島乗り継ぎの屋久島行きを予約し、三月下旬に出発しました。

飛行機は、「鹿児島空港は濃霧のため、着陸できない場合は福岡か羽田に引き返す」という条件付きの搭乗となり、不安な出だしとなりました。

それでも到着時間が遅れたものの無事、鹿児島に着きました。ところが今度は接続の屋久島行きが到着していません。屋久島空港が濃霧のため、現地出発が遅れているそうです。

奄美大島行き欠航。種子島行き欠航。離島へ向かう路線の欠航が相次いでアナウンスされます。不安で仕方がありません。定刻を大幅に遅れて屋久島行きのプロペラ機が到着し、何とか飛び立ってくれました。

しかし屋久島空港に降下を始めたものの、霧のため着陸できません。再上昇して上空に待機。様子を見て再び着陸にトライ。外は霧で何も見えません。私は目を閉じて無事着陸を祈りました。ドスンという衝撃があり、「屋久島空港に、到着しました」とのアナウンスで、ほっとして、目を開けました。

翌日の夕刻、今度は高速船で屋久島を出航しましたが、強風・高波により航行がむずかしくなったら引き返す、という条件付き出航となりました。白波が船体にぶつかってくるなかの航行。またもやハラハラドキドキ、心臓によくないスリルを味わいながらの船旅となりました。

無事、次の目的地・指宿に到着しましたが、今回ほど、離島への渡航の大変さを実感したことはありませんでした。

屋久島の自然のなかで、一番感動したのは樹齢二千年を超える屋久杉の巨木です。屋久杉は標高千メートル以上の栄養の乏しい花崗岩の山地に育ちます。そこは風速六十メートルの突風が吹き、一日に千ミリもの雨が降り、冬は雪に凍える、厳しい自然環境です。厳しい環境であるため、屋久杉の成長は遅く、その結果、年輪が詰まって材質が緻密になり強度が強い。また樹脂も一般の杉の六倍以上も多く出して、腐りにくくしているそうです。

今に残る屋久杉の巨木には、親しみを込めて名前が付けられています。大王杉、翁杉、紀元杉、ひげ長老、弥生杉、縄文杉…、『屋久杉巨樹・著名木』（屋久杉自然館発行）には、三十七本の名前が紹介されています。

屋久島観光バスのガイドさんが乗客に聞きました。

「これらの屋久杉の巨木は、なぜ今まで生きのびることができたのでしょうか？」

杉の樹林のなかには、倒木杉もたくさんありました。その倒木から若い屋久杉が何本も育っています。人間による植林はないから、自然による世代交替なのでしょう。

そんな森の中で杉の巨木が、なぜ生き残ったか？

点在する巨木は、根元にコケやシダやランが生え、枝にはシャクナゲやツツジなどの木を何本も着生させていました。小さな森になっているのです。

乗客の誰もが答えに窮しました。ところが、ガイドさんの答えは意外でした。

「それは、役にたたない木だったからです」

役にたたない木？　実は、屋久杉は五百年余り前から伐採されています。倒木に見えたのは伐採の残材だったのです。切り株も無数に残っています。幕末までに、当時育っていた屋久杉の七割が伐採されたといわれています。

今残っている巨木は、木材にするには形が悪い、曲がっていると敬遠されたもの。つまり、木材として役にたたないから伐採されずに生き残ったというわけです。

ところが、曲がった枝やこぶだらけの幹は、飛来してくる植物の種子が着生しやすいのです。人間に見捨てられた巨木は、たくさんの植物たちの安住の場所となったのでした。そして厳しい環境を生き続けること数千年、今、世界遺産のスターとして人間たちに感動を与え、名前まで付けられています。

森の中の杉が伐採されて木材に変身、新たないのちを生きる、それはそれで立派なことだと思います。しかし、ぶかっこうな屋久杉そのままでも、生き続けることによっていのちを輝かせ、たくさんのいのちを励ますことになっています。

役にたたないものが役にたつ、そんなすばらしい気づきをもらった屋久島でした。

あとがき

山積みになっていた写真を思い切って整理することにしました。大変な作業になるなと覚悟して始めました。やり始めると、これが実に楽しい。忘れていた過去に分け入り、右往左往してきた道を、今度は写真とともにゆっくり歩くのです。

バラックの自宅の前で、洗たく物と一緒に照れくさそうに立っている、小学生の私の写真があります。造船所のスナップ写真には、友と肩を組んでいる作業服の私がいました。遠くに大型のクレーンが見えます。

たいまつの炎に送られて定時制高校を卒業した二十二歳の私。お世話になった先生と校門前で写っています。夜間中学の教室写真には、笑顔の生徒さんのなかに私がいました。うしろに飾ったノリゲ（韓国の伝統飾り）が鮮やかです。「路地裏のつどい」で仲間たちと歌を歌っている写真もあります。私は手をつないで大きく口を開けています。

写真のなかの私はいつでも、今の私をまっすぐに見つめています。私が私を見ているという不思議。写真を年齢順に重ね、パラパラとめくれば、写真のなかの私が歩きだしそうです。

写真と同じように、雑誌などで書いた文章を集めてみました。これがけっこうな数があります。順番に読んでみると、その時々に出会った人たちや出来事が、古いアルバムの写真のように思い出を連れてきます。

読みながら、「そういえば…」と、浮かびあがる出来事やエピソードがありました。何年も時を過ぎて初めて顔を出してくるものや、再び見えてくるものです。

たとえば木の電信柱です。私が子どものころ、木の電信柱はありふれていました。だから電信柱が木であることに、ことさらの感慨もなく見ていました。

ところが、数十年たった今、気がついたら、周りはほとんどコンクリート製の電信柱になっていました。わずかに残った木の電信柱は、世間から忘れられた存在です。

「電信柱はスギの木だよ。自分の田舎の富山でたくさん植えられていてね、ボカボカ育つから〝ボカスギ〟と呼ばれていたよ」

そう教えてくれる人がいて、私は初めて電信柱にも故郷があることを知りました。電信柱も故郷の山や川を想うことがあるだろうか…、そんなことを雑誌に書いていました。

それなのに木の電信柱のこと、いつの間にかきれいに忘れていました。そして今、その文章を読みながら、大都会の下町にわずかに残っている木の電信柱に想いを馳せました。

緑豊かな故郷で五十年も育ち、そのあと電信柱として大都会で五十年近くも過ごしているのです。年齢にすると、百歳ぐらいになっているでしょう。

そういえば、炎天下、木の電信柱に触れたことがありました。猛暑だったのに木肌はひんやりしていたのです。驚きました。のちに読んだ本で、「杉の材木は、湿度が高い時には湿気を吸い込み、高温の時には水分を出して周りを涼しくしている」と知りました。

呼吸していたのです。人々の視界から消えて数十年。表面は朽ちているかのように見えても、それでも今なお呼吸をしている。そのことに感じ入り、胸熱くなったことを思い出しました。


この本は雑誌などに書いた文章に、新たに書き下ろしたものを加えて再構成したものです。テーマや書いた時期が違っていても、その時々に私が心動かされたこと、深く感じいったことを書いています。

思いのままに書いた文章を集めて一冊の本にまとめてくれたのは東京シューレ出版の小野利和さんです。小野さんは私の三十年来の友人です。また小野夫妻は私が主宰する小さな集い「路地裏」を二十数年にわたって支えて下さっています。

だからこの本への私の思い入れはひとしおで、なんと扉絵まで描いてしまいました。本の扉絵を描くのは初めてです。「路地裏」の〝下手を楽しもう〟精神でワクワクしながら描きました。楽しかったです。
本のデザインをされた藤森瑞樹さん、印刷、製本をして下さった皆様、ありがとうございました。そしてご縁があって、本書を読んで下さった皆様に感謝いたします。

本書に登場する人物は一部を仮名にしてあります。また、本文の一部は『生活教育』、『にほんの学童ほいく』、『公評』、東京都公立保育園研究会通信『はぐくみ』、私の個人通信『路地裏通信』などに掲載したものを加筆再構成したものです。それぞれのご担当の方にもあらためてお礼を申し上げます。

松崎 運之助（まつざき みちのすけ）

1945年、中国東北部（旧満州）生まれ
中学卒業後、三菱長崎造船技術学校、長崎市立高校（定時制）を経て、明治大学第二文学部卒業
江戸川区立小松川第二中学校夜間部に14年間勤務ののち、足立区立第九中学校を経て、足立区立第四中学校夜間部勤務
2006年定年をもって退職

【著書】

『夜間中学—その歴史と現在』（白石書店）
『学校』（晩聲社）
『青春』（教育史料出版会）
『人生—我が街の灯』（教育史料出版会）
『母からの贈りもの』（教育史料出版会）
『ハッピーアワー』（ひとなる書房）
文庫本『学校』（幻冬舎）

—ブックレット—
『幸せになるための学校』（ひとなる書房）
『夜間中学があります』（かもがわ出版）

路地のあかり
—ちいさな幸せ はぐくむ絆—

2014年 9月14日 初版発行

著 者◉松崎 運之助
発行者◉小野 利和
発行所◉東京シューレ出版
〒136-0072 東京都江東区大島7-12-22-713
電話／FAX 03（5875）4465
Email／info@mediashure.com
Web／http://mediashure.com
DTP制作◉えびす堂グラフィックデザイン
印刷／製本◉モリモト印刷株式会社

定価はカバーに表示してあります
ISBN978-4-903192-28-4 C0036